Tor – Wo die Bälle trudeln

Für den TBV Lemgo,
all seine Freunde,
Förderer und Fans.

Tor – Wo die Bälle trudeln

Jens Kluckhuhn

Bibliografische Information der Deutschen Nationalbibliothek
Die Deutsche Nationalbibliothek verzeichnet diese Publikation
in der Deutschen Nationalbibliografie; detaillierte bibliografische Daten sind im Internet über www.dnb.de abrufbar.

© 2015 Jens Kluckhuhn

ISBN 9783739220147

Herstellung und Verlag:
BoD – Books on Demand, Norderstedt

Tor – Wo die Bälle trudeln

Auf ein Wort
Seite 7

Wo die Bälle trudeln
(K)ein Erklärungsversuch
Seite 8

Wo die Bälle trudeln 2013
(K)ein Wort zu viel
Seite 23

Wo die Bälle trudeln 2014
(K)einer für alle
Seite 64

Wo die Bälle trudeln 2015
(K)einer geht noch, (k)einer geht noch rein
Seite 101

"In der Mannschaft stehen viele Spieler mit großen Kämpferherzen. Da rennen die Beine, aber die Köpfe kommen nicht immer mit. Hier muss ich mit meiner Arbeit ansetzen."

(Günter Klein in der Saison 1985/1986
als Trainer des TBV Lemgo)

Auf ein Wort

Der Handball in Deutschland ist unterhaltsam, und das nicht nur in der Halle. Die zahlreichen Ereignisse neben dem Spielfeld verdienen eine satirische Betrachtung. Im Jahr 2012 entstand der erste Teil von "Wo die Bälle trudeln", begünstigt durch die erstaunlichen Ereignisse im Umfeld eines Bundesligavereins aus der Handball-Hochburg Ostwestfalen-Lippe. Doch auch in den Jahren danach gab es genug zu bewundern. Eine Liga mit 19 Mannschaften, eine WM-Teilnahme ohne sportliche Qualifikation oder ein Nationalspieler, der nicht immer rechtzeitig in sein Röhrchen uriniert hat, was man dann aber doch nicht so schlimm fand. Und auch die Schatten der jüngeren Vergangenheit, als in mallorquinischen Fincas nicht nur über den Sport philosophiert wurde, sind noch sichtbar.

Wer keinen Sinn für Unsinn hat, liest dieses Buch vielleicht besser nicht, denn „Tor – Wo die Bälle trudeln" erklärt nicht die Wirklichkeit. Sein Autor erhebt keinen Anspruch darauf, die Wahrheit zu erzählen und skizziert Personen, die es so gar nicht gibt. Wer keinen Sinn für Sinn hat, legt es vielleicht besser zur Seite. Wer hingegen gerne ein Buch liest, das er nicht zu ernst nehmen muss, hat womöglich eine gute Wahl getroffen.

Aus der noch gar nicht vorhandenen Serie

ENTHÜLLTE JOURNALISTEN DECKEN AUF:

Wo die Bälle trudeln

(K)ein Erklärungsversuch

Etwa 390 Tage vor der ersten Offenbarung
Ein Handball-Bundesligist, Aushängeschild seiner Region mit sportlich erfolgreicher Vergangenheit und viel beschworener Zukunft, benötigt einen neuen Beiratsvorsitzenden. Ein alter Fahrensmann der lippischen Wirtschaft kann nach langwieriger Kandidatensichtung für die verantwortungsvolle Position gewonnen werden. Sein euphorischer Kommentar zu seiner Ernennung: „Na gut, dann mach ich es halt."

Etwa 360 Tage vor der ersten Offenbarung
Der neue Beiratsvorsitzende lernt den neuen Trainer des Bundesligisten kennen. Es ist eine Begegnung auf Augenhöhe, da der diplomierte Sportlehrer gerade am Mittagstisch sitzt. Der Beirat zollt dem neuen Mann seinen Respekt: „Junge, so wie du aussiehst, kannst du ja den Kiez in St. Pauli allein befrieden. Naja, Rotlicht haben wir hier ja nicht viel, da musst du wohl als Trainer arbeiten."

Etwa 240 Tage vor der ersten Offenbarung
Die neue Telefonanlage auf der Geschäftsstelle soll nun endlich funktionieren, doch nach wie vor bestehen Probleme. Der Beirat kann nicht glauben, dass es so schwer sein soll, die Anlage zum Funktionieren zu bringen, da zeitgleich auf dem gleichen Planeten andere Menschen eine Reise zum Mars planen. Der Beirat geht seiner Kontrollfunktion nach und ruft den Anschluss der Geschäftsstelle von außerhalb an. Die Ergebnisse sind nur zum Teil befriedigend: „Drücke die Eins, wenn du mit bärtigen Lesben aus deiner Stadt sprechen willst. Wähle die Zwei, wenn du an einem Treffen mit einer weißrus-

sischen Hammerwerferin interessiert bist. Verdrück dich, wenn du eine Karte für ein Handballspiel bestellen möchtest."

Etwa 239 Tage vor der ersten Offenbarung
Die beiden Geschäftsführer des Vereins unterhalten sich an der gerade mithilfe einer Leasinggesellschaft akquirierten Kaffeemaschine über die ersten Ergebnisse der Investition: „Okay, ich bringe morgen früh wieder zwei Kaffee vom Bäcker mit."
Geschäftsführer Vau erklärt Geschäftsführer Eff, dem er im jahrelangen gemeinsamen Training mehrmals versehentlich den Ball an den Kopf geworfen hat, dass die Italiener seiner Meinung nach in Sachen Kaffee den gleichen Expertenstatus besitzen wie die Griechen in Fragen platonischer Freundschaft. Er überlege, zieht Vau seinen Kollegen Eff ins Vertrauen, vor Ort in Italien Rat einzuholen, da der morgendliche Besuch beim gegenüberliegenden Bäcker wegen der Gefahren der zweimaligen Straßenüberquerung keine Dauerlösung sein könne. Nach kritischer Abwägung aller Argumente schwenkt Eff auf die Linie seines Freundes und Kollegen ein: „Mach doch, was du willst."
Der Beirat erkundigt sich bei Vau, was es mit den etwas irritierenden Auswahloptionen im Telefonmenü auf sich hat, erhält jedoch eine beruhigende Antwort: „Wir warten auf das nächste Update der verwendeten Software. Kann nicht mehr lange dauern. Den neuen Wartungsvertrag unterschreibe ich heute noch, damit wir für eine völlig überzogene Gebühr das kriegen, was uns ohnehin zusteht."

Da Tag 239 vor der ersten Offenbarung zahlreiche Ereignisse mit sich gebracht hat, beendet er sich vier Stunden vor dem eigentlich geplanten Ablauf ermüdet selbst.

Etwa 195 Tage vor der ersten Offenbarung
Die Glühweinverkäufer auf dem traditionellen Weihnachtsmarkt freuen sich über den frühen Feierabend, denn sie können schon mittags melden: „Ausverkauft". Dem Handballverein ist das nicht vergönnt, da viele Anrufer irrtümlich an die bärtigen Lesben der Stadt weitergeleitet werden. Ein Glühweinverkäufer macht sich glücklich auf den Weg zum Flughafen, um Hammerwerferin Ludmilla aus Minsk in Empfang zu nehmen.
Etwa zeitgleich betritt eine Gruppe gut gelaunter rotnasiger Männer das Foyer des örtlichen Kreditinstitutes. Geschäftsführer Eff befindet sich in Gesellschaft des griechischen Olivendealers und Zaziki-Magnaten Nasowasiadis sowie des als Geschäftsmann verkleideten Karnevalsprinzen einer linksrheinischen Kreisstadt, der in Vertretung des durch die endlich begonnenen Dreharbeiten der lang erwarteten Fortsetzung seines ersten Filmes verhinderten Prinzen aus Zamunda für Seriosität bürgen soll. Sie legen dem Vorstand der Bank die Kopie eines Schecks vor, dessen Zahl 3-mal so viel Nullen enthält, wie sie durchschnittlich in zentraleuropäischen Bankvorständen anzutreffen sind. Das Original des Schecks wurde zuvor zur Deckung der Spesen bei einem Glühweinstand abgegeben, an dem die kleine Gruppe einen verlängerten Aufenthalt eingelegt hat. „Ist aber nix Problem", sagt Nasowasiadis, „ich habe noch mehr davon. Muss alles raus aus Hellas, sonst plündert mich die Angela." Der Karnevalsprinz hält sich

seinen Kopf, was auch als bestätigendes Nicken interpretiert werden könnte. Eff stößt auf, woraufhin sich das Aroma von Glühwein mit Zimt lieblich im Büro des Vorstands ausbreitet und die weihnachtliche Stimmung fast alle verzaubert: „Hier, mach mal auf das Konto vom Verein. Komme die Tage mit einem anderen Scheck wieder", erbittet Eff die Kooperation der Bank.

Etwa 180 Tage vor der ersten Offenbarung
Es weihnachtet ziemlich im Hause Vau und sogar sehr im Hause Eff. Nasowasiadis hat sich das Kostüm eines Weihnachtsmannes angezogen. Obwohl es ihm außerordentlich gut steht hofft er doch, dass die griechischen Fluglotsen noch in dieser Dekade ihren Streik beenden werden, um ihm endlich den Heimflug zu ermöglichen.
„Warst du ein artiger Geschäftsführer?"
„Ja", bestätigt Eff. Daran glaubt er ebenso wie an den Weihnachtsmann, der sich ihm gerade offenbart.
„Na, denn ... was soll das Christkind denn für dich tun?" Mittlerweile wohnt Nasowasiadis schon lange genug bei Eff, um bessere grammatikalische Kenntnisse zu besitzen, als es einem Menschen möglich ist, der einen Großteil seiner Existenz in Ostwestfalen-Lippe verkracht hat.
„Einen großen Scheck ausstellen."
„Aber bislang haben wir nur unausgegorene Ideen. Nüchtern betrachtet fehlt ein echtes Konzept."
„Schon, aber mein Verein braucht einen neuen Hauptsponsor. Da interessiert mich mehr das große Ganze als solche Detailfragen."

„Wir haben einen Termin mit dem Landrat. Er findet einige der Projekte sehr interessant."
„Den Edelpuff neben der Halle?"
„Ich glaube, ihm gefällt die Idee mit dem Hotel besser."
„Hotel ist auch besser. Ich kann schlecht auf den Trikots Werbung für einen Puff machen."
„Warum?"
„Zu viele kleingeistige Korinthenkacker, die an allem etwas auszusetzen haben. Ein Einkaufszentrum neben der Halle ist noch besser, weil das mehr Menschen anzieht als ein Hotel."
„Und wann sollen die Leute einkaufen? In den Schulpausen oder in der Halbzeit?"
„Es ist Weihnachten. Die richtige Zeit, um an Wunder zu glauben. Wenn wir noch so einen Scheck kriegen, können wir ein ganz neues Stadtviertel bauen. Ach was, wir können sogar das ganze Stadtzentrum rund um die Halle herum verlegen."
„Ja, aber … wozu das alles eigentlich?"
„Was soll die ganze Fragerei? Du bist ein komischer Weihnachtsmann. Hol lieber Glühwein aus deinem Sack."

Etwa 150 Tage vor der ersten Offenbarung
Beim Vorzeigeverein der Region, dem größten Botschafter und Werbeträger der Stadt, findet eine Hausdurchsuchung statt. Der Beirat wird auf einer Wohnmobilmesse beim Probeschlafen in einer der Messeneuheiten geweckt, als ihn der Praktikant von der Geschäftsstelle per SMS informiert. Der Beirat beschließt, seine Kontrollfunktion per Telefon auszuüben. Er dankt stumm dem Gott der modernen Technologie und versucht einen der ehemaligen Handballgötter, die einst

vom Trainingsanzug ins schmucke Jackett mit Vereinslogo transferiert wurden, zu erreichen.

„Wähle die Eins für usbekische Gewichtheberinnen mit positivem Dopingbefund und ernsthaften Heiratsabsichten. Wähle die Liberalen, wenn du ein Hotelier bist, und wähle die Drei, falls es um Handball geht."

Das Softwareupdate ist zwar eingespielt worden, doch der Beirat immer noch nicht restlos überzeugt. Er drückt die Drei und hört die Botschaft sehr wohl: „Herzlich Willkommen in der Warteschleife. Unmittelbar nach der Einspielung des nächsten kostenpflichtigen Softwareupdates sowie der Aktivierung des mit Zusatzkosten verbundenen Anrufbeantworters kannst du eine dreisilbige Nachricht hinterlassen. Verkürze dir die Wartezeit mit philippinischen Oben-ohne-Reispflückerinnen und drücke dafür die Vier." Der Beirat notiert sich seinen Gesprächsbedarf mit Vau wegen der Telefonanlage und schläft in dem bequemen Wohnmobil ein, während er die nächsten Schritte überdenkt und wartet.

Etwa 110 Tage vor der ersten Offenbarung
Der Beirat wird aus dem Wohnmobil befreit, in dem er die letzten Wochen verschlafen hat. Sofort denkt er an das offene Gespräch mit Vau. Sein erster Anruf gilt daher der Geschäftsstelle. Zufrieden stellt er fest, dass seine im Schlaf vorangetriebenen Überlegungen schon erste Ergebnisse zeigen: „Drücke die Eins, wenn du Fragen an den Handball-Bundesligisten stellen möchtest. Drücke die Zwei, wenn du ‚Wo die Bälle trudeln' als Klingelton herunterladen möchtest und dir dabei ein sinnloses Abonnement ans Bein binden willst. Drücke die Drei, wenn du auch außerhalb der Saison einen vom Streik

der griechischen Fluglotsen betroffenen hellenischen Weihnachtsmann abonnieren möchtest."
Der Beirat drückt die Eins.
„Wollen Sie zu den usbekischen Gewichtheberinnen oder zu den bärtigen Lesben? Die haben alle eine neue Nummer", meldete sich der Praktikant von der Geschäftsstelle.
„Kennen Sie in unserer Stadt bärtige Lesben?"
„Bärtige Frauen schon, aber ob die alle lesbisch sind? Ich halte nicht so viel von Klischees."
„Gut so. Geben Sie mir mal den Vau."
„Ähm, ja. Ich muss ihn suchen. Leider kann ich nicht verbinden mit dem Telefon hier."
„Was? Warum nicht?"
„Es fehlt wohl noch ein Softwareupdate. Ja, und die Apparate für die Nebenstellen."
Der Beirat stöhnt auf eine Art und Weise in den Hörer, die selbst eine weißrussische Hammerwerferin beeindrucken würde.

Etwa 100 Tage vor der ersten Offenbarung
gibt es sie eigentlich schon, die erste Offenbarung. Vau zieht Eff ins Vertrauen und informiert ihn über seine Versuche, Sponsoren in Italien zu finden. Bislang haben die Bemühungen außer Spesen und Investitionen jedoch keine zählbaren Ergebnisse gebracht.
„Ich weiß nicht, ob Italien unser wichtigster Markt ist", bemerkt Eff.
„Stimmt", sagt Vau. „China liegt da natürlich viel näher. Aber die verstehen sich nicht so gut auf Kaffee."
„Wovon redest du?"

„Ich möchte für unsere Geschäftsstelle eine neue Kaffeemaschine. Espresso, Latte. Eine, die alles kann."
„Ist mir Latte."
„Ich will dafür aber nichts bezahlen. Wir verlieren im Sommer ja einen großen Sponsor."
„Gut, dass du mich dran erinnerst. Funktioniert unser Telefon?"
„Die Weckfunktion funktioniert einwandfrei, es fehlt aber noch ein Softwareupdate, um raustelefonieren zu können. Der neue Vertrag ist unterschrieben, habe ich heute in die Post gegeben. Dauert nur noch ein paar Tage. Erwartest du einen Anruf von der Staatsanwaltschaft?"
„Von wem?"
„Das ist die Behörde, die hier neulich alles durchsucht hat. Wonach haben die eigentlich gesucht?"
„Keine Ahnung. Ich frage bei Gelegenheit mal nach. Wenn das Telefon funktioniert."
„Jedenfalls habe ich ein paar Italiener eingeladen. Sie sollen uns einige Maschinen vorführen. Dann mache ich mit denen einen Sponsorenvertrag. Ist für die doch eine tolle Werbung, wenn wir hier ihren Kaffee trinken."
„Gut. Kümmerst du dich drum?"
„Yo."

Etwa 90 Tage vor der ursprünglich gemeinten Offenbarung findet der Beirat den Kaffee in der Geschäftsstelle nicht besser als den, den er zu Hause aus seiner viel zu lauten Maschine keltert. Eff zuckt die Achseln. Ja, das sei ein Problem, aber: „Vau kümmert sich drum."

„Gut. Was ist eigentlich mit dem Telefon? Funktioniert die Anlage nun einwandfrei?"
„Weiß ich nicht. Wozu soll ich anrufen, wenn ich hier bin?"
„Neulich hat mir ein Bekannter von der Staatsanwaltschaft was gesteckt. Ich war ja neulich beruflich im Ausland ..."
„Beruflich? Du bist doch im Ruhestand? Was machst du denn noch, außer den Beiratsvorsitzenden?"
„Äh ... ich teste Wohnmobile. Langzeittests. Liegekomfort, zum Beispiel."
„Ah ja. Und wie ist da die Auftragslage? Wir haben noch eine freie Brust nächste Saison. Oder auch eine leere Hose, haha."
„Lenk jetzt mal nicht ab. Bei der Hausdurchsuchung damals ... worum ging es da, was hast du mir gesagt?"
„Äh, ach ... das ist schon so lange her ... ich weiß auch nicht mehr so genau ..."
„Du hast mir gesagt, es ginge um Ermittlungen wegen illegalen Urinierens an der A1, der A2, der A7 und der A30 bis A45. Du hast vielleicht vergessen zu erwähnen, dass es da noch um einen Scheck ging."
„Ja, der Scheck. Ich wollte ihn einlösen, die Bank wollte es nicht. Okay. Ich habe den Scheck nicht ausgestellt, wir suchen weiter einen Sponsor. Ende der Geschichte."
„Und weswegen ermittelt die Staatsanwaltschaft jetzt?"
„Routine, sagen sie ..."
„Und die Idee, den Beirat zu informieren, kam dir nicht?"
„Wozu? Es ist ja nichts passiert. Ich wusste auch nicht, dass ihr euch für so was interessiert."
Der Beirat seufzt.

Etwa 60 Tage vor der ersten Offenbarung
Wie von Vau erbeten wirft der Beirat einen Blick in die Papiere. Keine Frage, der Vertrag mit dem sizilianischen Kaffeeautomatenhersteller sieht gut aus. Italienische Buchstaben auf dem Papier zu betrachten bietet zwar nicht den gleichen Genuss wie die Sprache zu hören, doch das ändert nichts am positiven Eindruck. Die Frage Vaus nach einer Prüfung der Verträge durch italienische Übersetzer kann der Beirat ebenfalls bejahen. Luigi und Salvatore haben sich die Verträge angesehen, auch wenn ihre Berufsbezeichnung mit Pizzabäcker treffender zu beschreiben ist als mit Übersetzer. Der Verein muss sparen, das ist allen klar. Umso besser, dass Vau nun mit dem Hersteller der Telefonanlage einen Supportvertrag abgeschlossen hat.
„Die supporten uns drei Jahre für eine monatliche Gebühr", freut sich Vau.
„Und endlich funktioniert die Telefonanlage. Die Leute können endlich ohne Probleme Karten bestellen", ergänzt Eff.
Lediglich der Beirat findet ein Haar in der Suppe: „Nur schade, dass die Saison schon vorbei ist."

Etwa 30 Tage vor der ersten Offenbarung
„Mein Gott, was macht denn der Unrat hier?"
„Willst du mich beleidigen, Vau? Du steckst eh schon bis zum Hals im Kaffeepulver."
„Beirat, ich meinte nicht dich, ich meinte den Müll auf dem Schreibtisch."
Vau deutet auf die weithin als Akten bekannten Gegenstände. Der Beirat erklärt dem Geschäftsführer, dass sein Sponsorenvertrag mit dem italienischen Kaffeemaschinenhersteller lei-

der Geld in die falsche Richtung transferiert. Der Verein unterstützt nun mit monatlichen Zahlungen das Industrieunternehmen, das sich im Gegenzug dazu bereit erklärt hat, für den Großraum Ostwestfalen-Lippe ein Exklusivmodell mit Wappen des Clubs anzubieten. Sollten weniger als 500 Stück im Monat verkauft werden, nimmt der Verein die nicht verkauften Geräte ab. Vau erkennt darin sofort den Vorteil: „Wir fragen uns doch immer, was wir den Leuten von der Geschäftsstelle zu Weihnachten und zum Geburtstag schenken sollen. Das Problem ist gelöst."

„Vau, das bringt unseren Verein an den Rand des Ruins. Wir zahlen außerdem noch eine monatliche Provision an Luigi und Salvatore. Ich weiß nicht, wie die Klausel da reingekommen ist. Aber ich weiß, dass wir einen Verantwortlichen für die Krise des Vereins finden müssen. Und der bist du. Glückwunsch, Vau, du bist beurlaubt."

„Was? Nur wegen dieser Sache? Jeder kann doch mal einen Fehler machen. Außerdem habe ich gesagt, dass ich einen Sponsorenvertrag mit den Italienern machen will. Genau das habe ich getan. Ich soll also dafür bestraft werden, mein Wort gehalten zu haben?"

Doch der Beirat legt nun allen Unrat auf den Tisch. Er stellt sein Mobiltelefon auf Lautsprecher, um Vau zu zeigen, welche Folgen die kostspielige Buchung automatischer Updates hat: „Wähle die Eins, wenn du eine Eintrittskarte für das nächste Heimspiel haben möchtest. Wähle die Zwei, wenn du keine Karte bestellen möchtest. Wähle die Drei, wenn du Handball doof findest. Beachte dabei bitte, dass diese Ansage zwar nicht kosten-, aber sinnlos ist, da deine Auswahl keinen Einfluss darauf hat, mit welchem Operator du verbunden wirst."

„Wird doch immer besser", freut sich Vau, doch der Beirat lächelt grimmig. Er weiß schon, wer sich melden wird, wenn er die Eins drückt: „Hallo, ich bin Nora, deine ganz private bärtige Lesbe."

Etwa 25 Tage vor der ersten Offenbarung
erklärt der Beirat einer überraschten Öffentlichkeit, dass sich Vau aufgrund des spontanen Einsetzens der Menopause von allen Ämtern sowie aus der Öffentlichkeit und der Gemeinschaft der GEZ-Zahler zurückzieht.

Etwa 10 Tage vor der ersten Offenbarung
tritt der von internen Turbulenzen entnervte Trainer von seinem Amt zurück und schließt stattdessen einen Arbeitsvertrag mit der Interessengemeinschaft Ab-in-den-Puff, um einen bekannten Hamburger Stadtteil zu befrieden.

Etwa 5 Tage vor der ersten Offenbarung
erfährt der Beirat von der bevorstehenden Veröffentlichung der gegen Geschäftsführer Eff laufenden Ermittlungen in den Medien. Unter anderem wird zu lesen sein, dass Eff bei diversen illegalen Blasenentleerungen an verschiedenen Autobahnen gesehen worden ist. Belastendes Fotomaterial zeigt, wie er in Höhe Gelsenkirchen-Buer gezielt eine Eiche anpinkelt. Aufgrund des zu erwartenden öffentlichen Drucks wird Eff der Rücktritt nahegelegt. In einer ergreifenden Stunde des Abschieds sagt er: „Schön ist das nicht, aber was soll's."
Keine Rolle spielt bei diesem Rücktritt übrigens der Versuch, einen Scheck in Höhe mehrerer Gigantilliarden bei dem führenden örtlichen Kreditinstitut einzulösen, da sowohl 99,8 %

der zufällig befragten Passanten in der Fußgängerzone als auch der Sprecher der Staatsanwaltschaft einräumen, selbst gern einen solchen Scheck einlösen zu wollen.

Am Tag der ersten Offenbarung
wird einer atemlosen Öffentlichkeit offenbart, dass der Beirat eine Menge Unrat zutage gebracht hat. Des Weiteren wird der beste Campingplatz in Norddeutschland ausgerufen und die zweite Offenbarung ersatzlos gestrichen. Die ganze Zeit war also das dumme Geschreibsel von der ersten Offenbarung völlig für den Koffer.

Nach der Offenbarung
ist für viele Protagonisten das Leben nicht mehr das gleiche wie zuvor.
Vau wird von der organisierten italienischen Kaffeeautomatenindustrie mit der silbernen Kaffeebohne in Kugelform für seine außerordentlichen Verdienste um die Förderung der Kaffeekultur ausgezeichnet. Anschließend absolviert er bei einem Telefonanlagenhersteller erfolgreich ein halbstündiges Training und wird daraufhin Gebietsverkaufsleiter für Ostwestfalen-Lippe.
Eff zieht nach Norddeutschland, um als Blonder-Hans-Imitator in Tanzzügen zu arbeiten. Aufgrund eines Missverständnisses bei der telefonischen Bestellung eines Schifferklaviers wird ein ausgewachsener Flügel geliefert. Eff benennt sich daraufhin in Blonda Hanz um.
Der Beirat präsentiert auf einer Pressekonferenz die neue Besetzung des Geschäftsführerpostens. Er ist froh, ein in der Region bekanntes Gesicht präsentieren zu können. Durch ihre

vorherige Tätigkeit als bärtige Lesbe ist Nora No bereits fest in der Stadt verankert.

Da der griechische Industrielle Nasowasiadis immer noch keinen Flug nach Griechenland bekommen hat, investiert er sein Kapital in Deutschland. „O." für Oliven schmückt in Zukunft die Brust der lippischen Schützen. Nasowasiadis schreibt damit die Geschichte der O. komplett um.

Kein Happy End gibt es dagegen für den Beirat. Da er ein Knöllchen nicht gezahlt hat, welches er aufgrund eines illegalen Parkvorgangs während eines Brötchenkaufs beim Bäcker erhalten hat, ermittelt die Staatsanwaltschaft gegen ihn. Die Medien beurteilen die Sachlage uneinheitlich. Teilweise wird ihm vorgeworfen, sich mit einem Wohnmobil möglicherweise ins Ausland abgesetzt zu haben, um sich dem Zugriff der Justiz zu entziehen, während andere Quellen ihm lediglich einen Urlaub attestieren.

Möglicherweise bahnt sich hier der nächste Skandal an.

Wird der Verein jemals zur Ruhe kommen?

Aus der nach wie vor nicht vorhandenen Serie

ENTHÜLLTE JOURNALISTEN DECKEN AUF:

Wo die Bälle trudeln 2013

(K)ein Wort zu viel

Ziemlich weit vor dem Saisonstart
zeigen die Angestellten des Vereins keinen Respekt mehr vor dem Urlaub des Beirats und torpedieren ihn mit Anrufen. Eine gewisse Unruhe herrscht vor. Er stattet der Geschäftsstelle des Vereins schließlich einen Besuch ab, als er sich auf dem Weg zum Treffen der Anonymen Campingfetischisten befindet. Nora No, die Geschäftsführerin des Clubs, kommt ihm entgegen. In Sachen Optik der Geschäftsführung hat der Verein durch sie längst wieder die Spitze der nationalen Tabelle erklommen. Der Beirat überlegt, ob man Autogrammkarten von Nora ins Portfolio aufnehmen und dafür die der Spieler entfernen soll. Er breitet die Arme aus: „Nora, wie schön, Sie zu sehen."
„Jaja."
Mit einer Körpertäuschung, die in dieser Perfektion kein Spieler aus dem Bundesligakader beherrscht, lässt Nora den Beirat aussteigen. Für einen Augenblick sieht der jung gebliebene Mann sehr alt aus und umarmt sich selbst. ‚Besser, als von anderen auf den Arm genommen zu werden', denkt er und versucht durch gezielte Fragestellung die Ursache für die augenscheinliche Missstimmung seiner leitenden Angestellten zu ergründen: „Äh?"
„Ich bin dann mal weg."
„Warum? Wohin?"
„Schon mal in die Bilanz geguckt? Oder die Zeitung gelesen? Beides ganz interessant. Ihr seid fast pleite und ich habe genug. Nasowasiadis hat mir ein Angebot unterbreitet und wartet auf mich. Frag Srdklckyk, der erklärt es dir."
„Was? Wen?"

„Den dunkelhaarigen Typen, der hier immer den Kaffee macht. Das ist der Praktikant. Ich muss jetzt los. Tschüss dann."

Wie aufs Stichwort praktiziert sich ein Mann, auf den die Beschreibung passt, ins Büro. Seit die Telefonanlage läuft und Vau und Eff nicht mehr da sind, um ihre eigene Arbeit an den Praktikanten zu delegieren, ist allerdings unklar, was Srplksls – oder wie auch immer er heißen mag – eigentlich tut. Auf Anfrage zeigt er sich immerhin gut über die Zustände im Verein und sogar die Zusammenhänge mit der Europapolitik informiert: „Nasowasiadis kann seine Verpflichtungen als unser Hauptsponsor nicht mehr erfüllen. Sein Geld ist eingefroren worden. EU und griechische Regierung streiten sich darum, wer sich an seinem Kapital gütlich tun darf, aber faktisch ist er enteignet worden. Man hat ihm nur einen Bruchteil seines Vermögens gelassen, mit dem er dem insolventen griechischen Staat ein paar Inseln abgekauft hat, unter anderem eine namens Schwulos. Er glaubt, in Nora No eine geeignete Geschäftsführerin gefunden zu haben und will mit ihrer Hilfe in Zukunft die Insel touristisch ausbeut ... äh ... erschließen."

„Unglaublich. Da verlässt uns jemand, um nach Griechenland zu gehen. Das verstehe, wer will."

Der Praktikant nickt verständnisvoll, weiß er doch genau, was der Beirat meint. Viele andere, mit weniger Humor ausgestattete Menschen wären, vor die Wahl zwischen einem Job in Griechenland oder einem in diesem Club gestellt, gut gelaunt mit einem schweren Stein am Bein ins Wasser gegangen. Er übergibt dem Beirat ein wichtiges Dokument, das in weniger zur Übertreibung neigenden Texten als diesem einfach als Schmierzettel tituliert worden wäre: 'Kali nichta, ihr Nasen', steht dort zu lesen. Zwar sind durch diese Botschaft nicht alle Zweifel an der juristischen Wirksamkeit Nora Nos Kündigung ausgeräumt, doch der erfahrene Manager wählt eine unbürokratische Herangehensweise und akzeptiert ihr Rücktrittsgesuch, da man Reisende nicht aufhalten soll.

„Das ist eine schwierige Stunde für unseren Verein. Eine große Herausforderung steht uns bevor, in der wir alle Verantwortung übernehmen und zu Opfern bereit sein müssen. Aber wenn wir alle an einem Strang ziehen und enger zusammenrücken, miteinander arbeiten und füreinander da sind, werden wir gestärkt aus dieser Krise herausgehen."

Der Praktikant sieht sich um. Niemand außer ihm ist anwesend, also ist der junge Mann wohl der Empfänger dieser spontanen Rede. Womit er das verdient hat, kommt ihm nicht in den Sinn, aber er weiß die Ehre zu schätzen: „Wenn du das sagst, Beirat …"

„Jetzt helfen nur verantwortungsvolle Entscheidungen, getroffen im Verbund, Stärke und Geschlossenheit demonstrierend. Wir müssen entsprechende Signale nach außen senden, uns potenziellen neuen Sponsoren und Partnern präsentieren. Jedes Ende birgt einen Anfang an sich, die Möglichkeit zu einem Neubeginn."

„Word!"

„Okay, pass auf, Srksdkls, zuerst …"

„Was? Wer?"

„Du, mein Junge. Du bist unser neuer Geschäftsführer. Herzlichen Glückwunsch! Das nenne ich eine steile Karriere."

„Ah … ja …"

„Hast du noch Fragen, mein Junge?"

Der junge Mann wägt seine Karrierechancen ab. Die Optionen liegen auf der Hand. Zum einen kann er Geschäftsführer dieses Vereins werden, zum anderen er weiter an den Eliteuniversitäten dieses Landes studieren, um seinen Abschluss zu machen und sich auf eine Karriere im Management der Exportnation, des Wirtschaftsstandortes Deutschland, vorzubereiten, damit er in einer globalen, zusammenwachsenden Welt neue Märkte erschließen, sich selbst verwirklichen und sich im fairen Wettbewerb beweisen kann. Doch das ist nur die Theorie. In der Praxis gibt es kaum einen, der auch bei genauerem Hinsehen einen Unterschied zwischen Deutschlands Eliteuniversitäten und seinen Flatrate-Puffs feststellen kann. Da er keinen Mühlstein zur Hand hat und außerdem kein geeignetes Gewässer in der Nähe verfügbar ist, nimmt er schließlich das Jobangebot des Beirats an: „Ach Gottchen ..."
„Wenn du ein Post-it findest, kannst du einen Vertrag aufsetzen. Und am besten auch gleich frischen Kaffee. Dann rufst du alle Mitglieder des Beirates zu einer Dringlichkeitssitzung ein. Wir müssen handeln. Wir brauchen frisches Kapital und müssen Kosten reduzieren. Na ja, das Übliche halt, wie man es aus jeder Pommesbude und aus jedem DAX-Unternehmen hört."
„Wo finde ich die Liste der Beiratsmitglieder?"
Lebende Augenzeugen der letzten kompletten Beiratssitzung sind dem Beirat nicht bekannt, doch ist das ohnehin nicht sein Thema. „Wer ist denn hier der Geschäftsführer?", ermahnt er den Senkrechtstarter und Karrieristen. „Sieh zu, dass du Ordnung in deinen Laden bringst. Oder steigt dir der Erfolg schon zu Kopf?"

Vor dem ersten Training
der neuen Saison trifft sich der dreiköpfige Beirat zu einer außerordentlichen Sitzung. Etliche Punkte bezüglich der Ausrichtung des Vereins müssen diskutiert und beschlossen werden. Es geht um nicht weniger als die Zukunft des Clubs, aber zunächst besteht genereller Klärungsbedarf: „Von der Existenz zweier Kollegen im Gremium habe ich lange Zeit nichts gewusst. Erst neulich, als wir beim Aufräumen in Vaus und Effs Büro eine Vereinssatzung gefunden haben, bin ich darauf gestoßen. Ich bin es eigentlich gewohnt, dieses Gremium allein zu bilden. Der Beirat, so mein umfassendes Verständnis, bin ich. Habt Ihr damit ein Problem?"
Die zwei weiteren Beiräte sehen sich achselzuckend an. Bis zum Anruf des neuen Geschäftsführers hatten sie gar nicht mehr daran gedacht, in dieses ehrenwerte Gremium berufen, gewählt oder abgeschoben worden zu sein.
„Ich halte mich gern auch weiterhin im Hintergrund", sagt Anonym_männlich-in-den-besten-Jahren, der in der Stadt und im Verein weitestgehend unbekannt ist. Der dritte Mann, keineswegs einem britischen Film entsprungen, stimmt zu: „Geht mir ähnlich. Ich leite eine Firma, die am Markt irrtümlich für seriös gehalten wird. Da bleibe ich lieber inkognito. Schließlich muss niemand wissen, dass ich mit besoffenem Kopf dem Gremium beigetreten bin."
„Fein", freut sich der Vorsitzende des Beirats. „Zunächst möchte ich Euch über eine Entscheidung informieren, die wir bereits getroffen haben, und für die ich nun nachträglich Eure Unterstützung erbitte."
„Du meinst die Runde Bier, die wir eben bestellt haben?", fragt der dritte Mann und signalisiert breite Zustimmung.

„Nein. Ich meine Sgdrkl, den wir bereits zum Geschäftsführer ernannt haben."
„Wen? Was?"
„Der junge Mann, der uns gleich das Bier bringt. Das ist unser neuer Geschäftsführer."
Mit bewundernswerter Intuition für den Auftritt im rechten Moment bricht der junge Mann wie ein dynamischer Rückraumspieler durch eine imaginäre Abwehrreihe zum Tisch durch, knallt drei Flaschen Ostwestfalenbräu auf die Platte und öffnet sie lässig mit einem Feuerzeug. Funken schlagende Begeisterung setzt das Publikum in Brand: „Eine gute Entscheidung von uns", befindet Anonym_männlich-in-den-besten-Jahren, und auch der dritte Mann ist voller Ekstase: „Zugabe! Mehr davon!"
„Würde nur alles im Leben so eine Erfüllung finden wie dieser Wunsch", wird der dritte Mann später lamentieren. Zunächst verschläft er aber das restliche Wochenende, und erst am Montag wird er von einer in sein Gesicht geworfenen Zeitung geweckt. Die Stimme der Frau, die er aus längst in Vergessenheit geratenen Gründen vor zwei oder drei Dekaden ironischerweise gegen den Willen seiner Eltern geheiratet hat, filetiert sein Gehirn: „Was hast du angestellt?"
‚Verdammich', denkt der dritte Mann. ‚Wo bin ich jetzt wieder reingetreten?'

Nach dem ersten Schrecken

ruft der dritte Mann auf der Geschäftsstelle an. Mittlerweile gibt es mit der Telekommunikationsanlage keinerlei Probleme mehr, aber ein Gespräch kommt dennoch nicht zustande, weil niemand den Hörer abnimmt.

'Hoffentlich kommt bald ein neuer Praktikant', denkt der neue Hauptsponsor des Bundesligisten und fährt selbst zur Geschäftsstelle, um den Beirat persönlich mit seinem Unmut zu überschütten: „Du hast mir einen Sponsorenvertrag untergejubelt."

Der Beirat lächelt: „Nein, habe ich nicht. Du hast mit Skldkgs gesprochen. Worüber, weiß ich nicht."

„Was? Mit wem?"

„Unser neuer Geschäftsführer. Der junge Mann mit dem Bier. Nennen wir ihn Ess, das ist einfacher für alle Beteiligten. Er hat dem Gremium einen gültigen Vertrag mit einem neuen Hauptsponsor vorgelegt. Es ist ja erst mal nur für ein Jahr", fügt er eine Aussage hinzu, die man als tröstend beschreiben könnte, wüsste man nicht, dass aus wirtschaftlichen Gründen ein längerer Vertrag einfach keinen Sinn macht, da die Zuwendungen des neuen Geldgebers vielleicht nicht einmal zum Sterben reichen. Die Firma des dritten Mannes ist zwar eine Kuh, doch sind ihre Euter weder sonderlich groß noch erfreulich prall.

Der dritte Mann spürt Galle aufsteigen. Natürlich steckt der Beirat dahinter. Er hat ihn abgefüllt und ihn dazu gebracht, den Vertrag zu unterschreiben, den auch sein munter Bier verteilender Geschäftsführer rechtswirksam unterzeichnet hat. In die Falle getappt. Hilfe ist von keiner Seite zu erwarten, oder?

„Was ist mit Anonym_männlich-in-den-besten-Jahren?"

„Der hat als Mitglied des Beirats bereits seine Freude über den neu gewonnenen Premiumpartner zum Ausdruck gebracht."

„Noch ein Verräter."

„Nein. Du warst einfach nur schneller betrunken als er. Aber es gibt auch gute Nachrichten, denn wir haben wieder einen Trainer."

„Wieso wieder? Hatten wir keinen?"

„Eine ganze Weile nicht, ist aber der Öffentlichkeit auch nicht aufgefallen. Wir sollten uns in Zukunft ruhig öfter treffen, man erfährt doch ein paar interessante Sachen. Also, unser alter ist Trainer zurück. Er hat St. Pauli befriedet und sorgt dort weiterhin für Ruhe, aber er ist damit nicht ausgelastet. Er hat also Zeit, nebenbei unsere Mannschaft zu trainieren. Sein Vertrag läuft zunächst auch nur ein Jahr. Er will gucken, ob es uns dann noch gibt. Der Beirat hat seiner Verpflichtung mit der notwendigen absoluten Mehrheit zugestimmt."

„Absolute Mehrheit?"

„Ja. Anonym_männlich-in-den-besten-Jahren und ich waren dafür, einen Trainer einzustellen, und du lagst schon hackedicht auf dem Boden, schnarchend und sabbernd. Da aber zwei von drei mehr als 50 Prozent sind, ist alles gut. Der Verein ist dir umso dankbarer, dass du die externe Finanzierung des Trainers übernimmst, obwohl du dich noch nicht einmal für seine Verpflichtung ausgesprochen hast. Das werden wir dir nie vergessen! Es sind schwere Stunden für den Club. Wir brauchen treue Freunde und echte Gönner wie dich. Auf der nächsten Jahreshauptversammlung schlage ich dich für die goldene … ach, nein … sagen wir lieber: für die bronzene An-den-Hut-steck-Nadel für besondere Verdienste um den Verein vor."

Der Beirat ermahnt sich, diesen Punkt auf die To-do-Liste für seinen neuen Geschäftsführer zu setzen. Wie die Nadel aussieht, überlässt er der Kreativität des jungen Mannes. Geschickt gebogen und hübsch lackiert könnte schon eine Büroklammer den Dank des Vereins ausdrücken.

Nach dem Sponsorenwechsel
möchte der Verein seinen Partnerunternehmen in einer eigens einberufenen Abendveranstaltung tiefere Einblicke in die aktuelle Situation – natürlich ohne ins Detail zu gehen – gewähren und auf eine gemeinsame Zukunft einschwören. Die Idee des neuen Geschäftsführers, dessen Namen kaum jemand unfallfrei aussprechen kann, das Personal der Geschäftsstelle auf dieser Veranstaltung vorzustellen und somit dem Verein Gesichter zu geben, wird für gut befunden. Noch besser kommt allerdings die Idee an, den Sponsoren Brüste zu zeigen. Das schwedische Bikini-Team, infantilen Mittvierzigern wie etwa dem Verfasser dieser Zeilen aus einigen Folgen von „Married with children" bekannt, feiert seinen ersten öffentlichen Auftritt seit dem Ende jener Zeit, in der die Serie produziert wurde. Die Damen befinden sich zwar im Herbst ihrer Karriere, aber dafür wird der Etat nicht allzu sehr belastet.
Lippische Tradition, anderenorts einfach als Geiz diskreditiert, pflegt man auch beim abschließenden Buffet. Kredenzt werden Speisen aus der Produktion des ehemaligen Werbepartners, der bei seinem Rückzug etliche Dosen Fisch vergessen hat. Diese werden nun verköstigt. Zu jeder Dose wird ein irgendwo vom Baum gefallener Apfel gereicht, dessen Saft gleichzeitig als Getränk dient.
Musikalisch untermalt wird dieser Auftritt von experimenteller Musik eines Lebenskünstlers, der sich selbst als 'Artist formerly unknown as Blonda Hanz' bezeichnet, aber auch

schon diskutable Auftritte unter anderem Namen abgeliefert hat und einigen Anwesenden vage bekannt vorkommt. Der Groschen fällt jedoch bei niemandem. Umso besser, kann er doch so dem Verein überlassen werden.
Bedauerlicherweise beginnt an diesem Abend eine beispiellose Serie von Spielerausfällen. Einer der Linkshänder aus dem Profikader verletzt sich beim Öffnen einer Fischkonserve schwer an der Hand. Der Verein reagiert und lässt durch seine Anwälte prüfen, ob hier ein Fehlverhalten des ehemaligen Werbepartners vorliegt, und behält sich eine Klage vor.
Sportliche Fragen interessieren vor dem Saisonstart kaum. Die finanzielle Situation findet in den Medien wesentlich mehr Beachtung als die Perspektive der jungen Mannschaft. Der Beirat lädt wenige Tage später zu einer Pressekonferenz ein, da sich die Gerüchte einer drohenden Insolvenz hartnäckig halten und die Saison laut Berichten in Entenhausens größter Tageszeitung finanziell noch nicht gesichert sei. Die lokale Presse zeigt sich gewohnt kritisch und investigativ und bedrängt den Beirat hartnäckig mit Fragen: „Mögen Sie ihr Frühstücksei lieber hart oder weich?"
Der Beirat vermutet in dieser Frage eine Falle und schafft es, eine konkrete Aussage zu vermeiden. Insgeheim zweifelt aber niemand daran, dass er seine Eier gern hart mag.
Auf Anfrage erklärt der Beirat auch die Abwesenheit des neuen Geschäftsführers: „Er ist es leid, dass niemand seinen Namen richtig aussprechen kann. Er befindet sich auf dem Einwohnermeldeamt und wartet darauf vorsprechen zu können, um die Änderung seines Nachnamens zu beantragen. Derzeit ist man bei Nummer 8, während Herr Splfkrps die Nummer 1.327 hat."

Beim ersten Heimspiel
erkennen die Fans, dass die Kontrolleure in der heimischen Halle durch tief dekolletierte und bestrapste Gesellschafterinnen aus St. Pauli ersetzt worden sind. Erste Synergieeffekte aus der Kombination der verschiedenen Tätigkeiten des zurückgekehrten Trainers stellen sich also sofort ein. In einer spontan durchgeführten Umfrage werden die sogenannten Kontrolleusen schon vor dem ersten Anwurf der Saison von den männlichen Fans als wichtigster Neuzugang gefeiert.
Sportlich verläuft der Start hingegen weniger befriedigend. Der Kader dezimiert sich zusehends. Verantwortlich hierfür sind neben Verletzungspech auch vereinzelte Undiszipliniertheiten.
Einer der langen Rückraumspieler verletzt sich auf der Anreise zu einem Auswärtsspiel. Da die Spieler aus Kostengründen nicht mehr mit dem Bus, der an einen Heizdeckendirektvertrieb transferiert wurde, zu den Spielen anreisen, sondern trampen müssen, und der Neuzugang das Pech hat, nur vom Fahrer eines Kleinwagens mitgenommen zu werden, verknotet er sich in diesem seine Gliedmaßen und muss von der Feuerwehr mit Spezialgerät aus der Notlage befreit werden. Die hierbei entstandenen Wunden werden, so die medizinische Expertise, früher oder später größtenteils verheilen. Oder eben auch nicht.
Der langjährige Außen des Kaders tackert sich beim Verlegen von Deckenpaneelen versehentlich an der Lattung fest. Er hofft, nach der Rückkehr seiner Frau von ihrer Kreuzfahrt wieder von der Decke abmontiert werden zu können. Pech hat auch der Spieler, der beim Betreten der Halle zum ersten Heimspiel versehentlich mit dem Kopf an eine Brust der neu-

en Kontrolleusen stößt und anschließend mit einem schweren Schädel-Hirn-Trauma ins Klinikum eingeliefert werden muss. Unter den Fans bricht eine Diskussion darüber aus, ob an den Damen Warnhinweise wie etwa auf Zigarettenschachteln angebracht werden sollen, da die Silikonimplantate offensichtlich ein Risiko für die Gesundheit darstellen.

Das hoffnungsvollste der Nachwuchstalente kann zudem nicht wie geplant in den Kader berufen werden, da es aufgrund seines nicht aufgeräumten Zimmers von seinen Eltern zu vier Wochen Hausarrest verdonnert wird. Ersuchen des Trainers und des Beirats um Begnadigung werden von den Eltern mit dem pädagogischen Hinweis "So lange er die Füße auf unseren Tisch legt ..." abgewiesen.

Das schwere Auswärtsspiel beim Champions-League-Teilnehmer droht schließlich auszufallen. Ein Spieler irrt mit seiner Mitfahrgelegenheit 250 Kilometer von der Spielstätte entfernt durch die Republik, da die sehbehinderte Fahrerin zwar sehr hilfsbereit, aber mindestens ebenso orientierungslos ist. Die Hände eines weiteren Spielers sind am Abend zuvor beim Klavier spielen von der Echtholzabdeckung der Tastatur erschlagen worden. Als mögliches Motiv werden zu viele nicht getroffene Töne vermutet.

Der Kader wird daraufhin mit jungen Spielern aus der zweiten Mannschaft und ein paar Halbstarken aus der eigenen Jugend aufgestockt, sofern diese für das spätabends stattfindende Spiel Ausgang von ihren Eltern erhalten. Als Folge unterschreitet das Durchschnittsalter des Kaders jedoch die von den Statuten geforderte Mindestreife. Allgemeine Überraschung macht sich breit, als der ebenso aufmerksame wie kleinwüchsige Eigentümer der Spielaufsicht auf diese Regel hinweist, die nie zuvor einem der 5.000 in der Halle anwesenden Menschen aufgefallen ist. Um den Haarkranz des kleinen Mannes bildet sich eine Menschentraube, die aufgeregt diskutiert. Auch das anwesende Fernsehteam ist ratlos, immerhin hat man diese Begegnung als Spiel der Woche ausgewählt – eine Auswahl, die zu langen Diskussionen und der Einführung von Alkoholtests und Drogenscreenings im Sender führen wird, um derartige Entgleisungen zukünftig zu vermeiden. Auf der Suche nach adäquaten Gesprächspartnern wird man nicht fündig, aber der Beirat stellt sich für ein Interview zur Verfügung.

„Wo ist eigentlich Herr Srdldidl?", fragt der Interviewer.

„Was? Wer?"

„Ihr Geschäftsführer. Wo ist er? Wir haben ihn lange nicht gesehen."

„Ja, ich auch nicht. Er ist es leid, dass niemand seinen Namen richtig aussprechen kann. Wegen der Blödheit der Leute ist er also immer noch beim Einwohnermeldeamt, um seine Namensänderung zu beantragen. Er hat die Nummer 1.327, morgen früh macht man mit Nummer 34 weiter. Wenn alles gut läuft, steht er uns in drei bis vier Monaten wieder zur Verfügung."

„Kannten Sie den Paragrafen in der Spielordnung, der sich auf das Mindestalter bezieht?"

„Nein, aber ich bin auch kein Experte."

„Hindert Sie das daran, eine Meinung zu haben?"

„Natürlich nicht."

„Was ist also Ihre Meinung?"

„Ich bin für möglichst praktikable Lösungen, die allen Seiten gerecht werden. Wenn wir ein Jahr mit dem Anpfiff des Spiels warten, hat unsere Mannschaft das geforderte Mindestalter. Ein paar verletzte Spieler sind dann vielleicht auch zurück."

„Gute Nachrichten. Wir erfahren gerade, dass in Kürze das Spiel beginnen kann. Man hat eine Lösung gefunden. Der Trainer wird für dieses Spiel per vorläufigen Beschluss eines Amtsgerichts zum Erziehungsberechtigten ernannt. Somit hat er das Aufenthaltsbestimmungsrecht für seine … äh … Spieler. Oder Kinder. Was sagen Sie dazu, Herr Beirat?"

„Angesichts seines fragwürdigen Nebenjobs in St. Pauli bin ich etwas überrascht, dass es damit so schnell ging, aber ich bin kein Experte."

Eine weitere Niederlage

droht in Form einer Vertrauensfrage. Der Beirat sieht sich genötigt, die Kommanditisten entscheiden zu lassen, ob er und das gesamte Gremium zukünftig noch das Vertrauen der Menschen genießen, die mit ihrem Engagement den Fortbestand der traditionellen Werte des Vereins garantieren. Er will sich, wie er einem Journalisten bei einem informellen Gespräch erklärt, an „die Bewahrer des soziokulturellen Lebens unserer Region" wenden.

„Damit die Leute es verstehen, werde ich es anders formulieren", sagt der Erbe Pulitzers. „Ich werde von denen, die den Arsch am Kacken halten, schreiben."

Der Beirat versucht anschließend auf der Geschäftsstelle in Ruhe darüber nachzudenken, wie er die Stimmung unter den Anteilseignern aufhellen kann, und betrachtet den Abstimmungszettel, der über sein Schicksal entscheidet:

VERTRAUST DU DEM BEIRAT?
O Aber hallo!
O Wem denn sonst?
O Ja Ne
O Nich so
O Geh campen und komm nicht wieder

Wie er die Leute einschätzt, wird am Ende ein mittleres Ergebnis bei der Abstimmung herauskommen. Probeweise hat er seiner Frau bereits den Zettel vorgelegt, die ihr Kreuz dann auch bei ‚Ja Ne' gemacht hat. Er überlegt, ob er nur vier Antwortmöglichkeiten zur Auswahl stellen soll, doch es gibt eine dringendere Frage, denn es fehlen ein paar der Vereins- und damit auch der Stimmanteile. 49 Prozent, genau genommen. Der Beirat erinnert sich, dass beim Abschied von Eff und Vau noch alles da war. Jedenfalls nimmt er an, sich erinnern zu können. Hat einer der ehemaligen leitenden Angestellten tatsächlich Vereinsanteile mitgehen lassen? Kaum zu glauben, aber welche andere Erklärung gibt es? Befinden sich die Anteile etwa rechtmäßig im Besitz eines der Männer? Der Beirat wird aus seinen Gedanken gerissen, als das Telefon klingelt.
„Wo ist denn der Sprglinkdg?"
„Was? Wer?"
„Euer Geschäftsführer."
„Ach so, du meinst den Ess. Der hockt auf dem Amt und will seinen Namen ändern lassen, weil alle zu blöd sind, ihn richtig auszusprechen. Aber wer bist denn du?"
„Ein Gläubiger vom Verein."
„Ja, es war sehr schön mit dir zu sprechen, aber leider muss ich jetzt auch los und ..."

„Habt ihr so was wie eine Buchhaltung?"
'Ein ziemlich aufdringlicher Anrufer', findet der Beirat, der seine Nase schließlich auch nicht so tief in die Angelegenheiten anderer Vereine steckt. Außerdem kann er derartige Fachfragen zum Tagesgeschäft ohne Hilfe von Ess nicht beantworten. Den Vorschlag doch einfach später, viel später noch einmal anzurufen, lehnt der Gläubiger jedoch ab.
„Kannst du dich erinnern? Ihr habt doch mal diesen Tresor aus der Schweiz gekauft. Damals wolltet ihr ihn unbedingt haben, obwohl wir schon einen Vorvertrag hatten."
„Der ist doch schon längst wieder weg. Den haben wir doch den Scheichs gegeben, da ist ja schließlich auch das Geld. Was sollen wir mit einem Tresor? Sollen wir da unsere Fischkonserven einlagern?"
„Tja, ein Dilemma. Hättet ihr den Tresor nicht gekauft, hättet ihr Geld gehabt, aber keinen Lagerort. Somit hattet ihr eine Aufbewahrungsmöglichkeit, aber nichts zum Einlagern. Das ist die Quadratur des Kreises, daran wäre jeder gescheitert."
„Ich war damals noch nicht im Verein. Du brauchst keine Rücksicht auf mich zu nehmen."
„Die uns zustehende Transferentschädigung ist noch offen. Die Kohle muss noch in diesem Jahr herüberkommen. Ich hoffe, du findest in dem Verein jemanden, der eine Überweisung ausfüllen kann, denn bei Schecks von euch rufen wir gleich die Staatsanwaltschaft an."
Fehlendes Geld, fehlende Punkte, fehlende Spieler, fehlende Vereinsanteile. Das Einzige, was wieder ans Tageslicht gelangt, sind unbezahlte Rechnungen. Der müde Funktionär überlegt, ob ein Rücktritt nicht das Beste wäre, zumal er dann für andere Aufgaben frei wäre. Ein Bundespräsident bei-

spielsweise wird doch alle naselang gesucht, doch schnell hat der Kämpfer diesen schwachen Moment hinter sich gelassen. Aufgeben ist seine Sache nicht. Vielleicht schicken ihn die Anteilseigner campen, ja, aber er wird bestimmt nicht aufgeben.

Bevor die Unruhe rund um den Verein
noch größer wird, beschließt der Beirat, personelle Entscheidungen zu treffen. 'Vertragsverlängerungen sind ein gutes Zeichen', denkt er und lädt sich zum Trainer nach Hause ein. Besser, dieser stellt Kaffee und Kuchen zur Verfügung, denn auch das entlastet den angespannten Etat des Vereins. Dieses eigentlich sehr geschickte Manöver begünstigt jedoch eine ungewollte Entwicklung, denn der Trainer, der bislang alles gefasst ertragen hat, zeigt sich beleidigt: „Wer mich haben will, muss und mich kämpfen und werben."

„Aber ich will dich nicht heiraten, ich will nur den Vertrag mit dir verlängern", entgegnet der Beirat.

„Wer mich will, muss mir einen Kaffee hinstellen können. Ich war neulich in der Nachbarschaft bei den Tussen. Dort gab es sogar mit der Hand frisch aufgebrühten Kaffee, nicht diese Automatenplörre wie bei uns."

„Haben die denn schon Strom dort? Vielleicht müssen die es noch so machen."

„Man hat mir in Aussicht gestellt, jederzeit einen solchen Kaffee bekommen zu können. Für mich ist das eine echte Perspektive. Das könnt ihr mir nicht bieten. Ich verlasse also den Verein mit Ablauf meines Vertrages. Ich muss es tun. Bitte versteh das doch. Es ist aus zwischen uns."

Dabei hat der Beirat längst noch nicht alle Karten ausgespielt: „Ich hatte noch gar keine Chance dir zu sagen, dass wir dein Gehalt kürzen möchten."

„Gib dir keine Mühe. Du kannst mich nicht mehr umstimmen. Aber mal was anderes. Wir brauchen noch einen Spieler, um die Saison zu überstehen und nicht abzusteigen. Wir haben ja ziemlich viele Ausfälle."

Das ist dem Beirat natürlich nicht entgangen. Das medizinische Personal arbeitet längst am Limit. Die Mannschaftsärzte fragen sich schon, warum sie nicht in einer ganz normalen Klinik arbeiten, um sich in Doppelschichten verheizen und mit Sonn- und Feiertagsarbeit das Privatleben ruinieren zu lassen. Nun hat einen der Spieler auch noch das tückische Pfeifenfieber erwischt. Da diese Krankheit weitestgehend unbekannt ist, verursacht sie besonders viel Arbeit. Es besteht außerdem eine hohe Ansteckungsgefahr für alle anderen Pfeifen. Der Beirat trägt nun vorsorglich die Gasmaske, die er sonst aus gegebenem Anlass nur beim Reinigen der Campingtoilette trägt, immer bei sich.

„Du kennst unsere finanzielle Situation. Was haben wir dem Spieler außer Automatenkaffee und Dosenfisch zu bieten?"

In der Tat ist die Lage nicht rosig. Es gibt Überlegungen eine Zeitarbeitsfirma zu gründen, die Spieler an diese externe Firma zu veräußern, auf diese Weise eine Ablösesumme zu kassieren und sie anschließend als Leiharbeiter wieder als Handballspieler zu beschäftigen und für den Club auflaufen zu lassen. Das Modell stößt im gesamten Beirat auf reges Interesse, jedoch werden von realistischen Zeitgenossen gewisse Probleme bei der Umsetzung dieses kühnen Planes nicht gänzlich ausgeschlossen. Die Bedingungen zur Beschäftigung von Lizenzspielern könnten hier und da dem Plan entgegenlaufen, ebenso könnten gewisse arbeitsrechtliche Regelungen Klärungsbedarf generieren. Ach ja, und dann besteht da noch die Möglichkeit, dass die Spieler da nicht mitspielen oder überhaupt nicht mehr spielen wollen, weshalb man sie vorerst noch nicht in diesen Plan eingeweiht hat. Dennoch, es ist ein verführerischer Gedanke, auf diese Weise die Spielergehälter zu senken. Was in allen Branchen auf der Welt gängige Praxis ist, soll ausgerechnet hier nicht möglich sein? Kaum zu glauben.

Doch das ist Zukunftsmusik. Für den Moment kommen die internationalen Kontakte aus der Vergangenheit des Trainers ins Spiel. Die Kontakte auf die Iberische Halbinsel, auf der er jahrelang geurlaubt und gelegentlich sogar gearbeitet hat, sind nie ganz abgerissen. Er beweist, trotz der bevorstehenden Trennung noch ein Herz für den Verein zu haben: „Ich kenne einen, der ist absoluter Profi. Sein Land ist so pleite wie unser Club. Mit regelmäßigen Einkommen ist es da so eine Sache. Zudem hat mein Spezi gewisse Probleme zu Hause und würde deshalb gern für eine Weile ins Ausland gehen."

„Seine Frau hat ihn rausgeworfen?"

„Genau. Er wäre also bereit, für Kost und Logis zu spielen. Wie lange sind die Fischkonserven noch haltbar?"

„Ach, so schnell werden die Gräten schon nicht schlecht."

Zwei Dinge gleichzeitig zu tun
gilt als weibliche Domäne, doch Ess, der seinen Mitbürger mit der Wartenummer 110 nicht gänzlich neidlos beobachtet, wie er seinem Aufruf Folge leistet, beweist, dass auch Männer diese phänomenale Geistes- und Konzentrationsleitung voll-

bringen können. Er nimmt vom Beirat telefonisch die neuesten Meldungen entgegen und entwickelt Lösungen: „Die Anreise ist kein Problem. Mein Schwippschwager hat ein Vielfliegerkonto und sammelt Bonusmeilen. Ich habe noch einen gut bei ihm. Sicher überlässt er uns gern ein paar Meilen, um den Don einfliegen zu lassen."
„Gut! Wie kommt der Don vom Flughafen zu uns? Soll er trampen?"
„Hör mal, Beirat, was wäre das denn für ein Stil? Nein, so geht das nicht."
„Wo soll er eigentlich wohnen?"
„Lass mich mal machen. Ich brauche nur ein paar Telefonate."
Der neue Geschäftsführer ist ein Mann der Tat. Zwar kann niemand außer seiner Mutter unfallfrei seinen Namen aussprechen, doch das hält ihn nicht davon ab, den Mannschaftskapitän anzurufen, um das Transportproblem zu lösen.
„Sorry, aber ich stehe nicht auf obszöne Anrufe", bedauert dieser, als Sprfskslk sich meldet.
„Ich habe doch nur meinen Namen genannt."
„Was? Wer bist du denn?"
„Dein Geschäftsführer. Der in Kürze mit dir über deinen auslaufenden Vertrag verhandeln wird. Du willst doch noch ein oder zwei Jährchen spielen, richtig?"
Der Mannschaftskapitän bestätigt, weist aber darauf hin, dass er nicht mit baldiger Aufnahme der Vertragsverhandlungen rechnet, da Sprdzddk ja noch auf dem Einwohnermeldeamt weile. Er erkundigt sich, wie viele andere Bittsteller darauf warten, Gehör bei der teilnahmslosen Menschmaschine des öffentlichen Dienstes zu finden, nur um zu hören, dass sie

hier leider an der verkehrten Adresse sind und ihren Jahresurlaub umsonst mit Warten verbracht haben.
„Wir wollen ja unseren Kader verjüngen. Du bist ja schon ein ganz schön alter Sack ..."
„Bist du nicht älter als ich?"
„... und ganz schön teuer bist du auch."
„Ich denke, ich soll der Kopf der Mannschaft sein?"
„Ja, aber im Moment wird der Verein ganz schön durchgeschüttelt. Da kann es schon mal sein, dass die Dinge plötzlich auf dem Kopf stehen und somit der Kopf zum Arsch wird. Wenn du verstehst, was ich meine."
„Ich versteh nichts. Nicht mal deinen Namen."
„Wenn du uns hilfst, helfen wir dir. Ein Geschäft zum beiderseitigen Vorteil. Ich möchte mit dir eine Win-win Situation erzeugen."
Allmählich beginnt der Kapitän zu verstehen.

Als das Flugzeug landet
und der spanische Neuzugang den Boden seiner vorübergehenden Heimat betritt, hat er zwar nicht mit einer eigens für ihn aufspielenden Blaskapelle und einem roten Teppich gerechnet, aber schon etwas mehr als einen mäßig rasierten Mittdreißiger, der ein Pappschild mit seinem Namen verkehrt herum in die Luft hält, erwartet.
„Bienvenido, Paella!", lautet die lauwarme Begrüßung für den Neuzugang, der schon versucht hat, ein paar Brocken der neuen Sprache zu lernen: „Gut Tak, ick freu mir sehr ..."
„Ja ja, schon gut. Jetzt holen wir erst mal deinen Koffer."
„Äh ... ¿Como?"

"Como ist `ne Stadt in Italien, was soll das denn jetzt, Alter? Na, beruhig dich erst mal."

Während der Fahrt versucht der Kapitän dem Neuzugang zu erklären, dass er ihn nicht in ein Hotel bringen wird, wie er sicherlich vermuten wird. Der Blick des Iberers ist bewölkt wie der winterliche Himmel in Deutschland. Furchen, den Schluchten in den Pyrenäen nicht unähnlich, zeigen sich auf der Stirn des Neuzugangs und wollen sich trotz gelegentlichem Aufblitzen von Verstehen – vielleicht auch gerade deswegen – nicht vertreiben lassen.

"Nix Hotel. Casa. Mi casa." Der Kapitän schlägt sich auf die Brust, um seine Aussagen zu unterstreichen. "Weißt du, der Club hat keine Kohle und will dich deswegen so günstig wie möglich unterbringen. Da haben die sich ausgedacht, mich zu erpressen. Tja, was soll man dazu sagen? Okay, hätte ich an deren Stelle auch so gemacht, aber ist es deswegen in Ordnung?"

"Ja", sagt der Spanier, da er den Eindruck hat, sein Fahrer erwarte eine Reaktion. Als er das Kopfschütteln des Kapitäns sieht, korrigiert er seine Antwort auf "Nein" und wird prompt mit einem Nicken belohnt. Und der Fortsetzung der Willkommensrede, von der er aufgrund sprachlicher Unpässlichkeiten nicht alles versteht. "Also, die nächsten Tage bin ich dein Gastgeber. Bis du dir selbst etwas gesucht hast. Bis dahin kannst du auf unsere Kinder aufpassen, wenn meine Frau und ich mal ausgehen wollen, und uns Paella machen. Paella kannst du doch, oder?"

"Si", bestätigt der Neuzugang, der vermutet oder zumindest hofft, dass sein neuer Mitspieler in seinem eigenen Hotel

wohnt, in dem auch für ihn ein Zimmer, vielleicht sogar ein Appartment, zur Verfügung gestellt wird.
"Also, ich fasse zusammen: Hotel no, casa si. Kinder si, Paella si. Okay?"
"No caigo".
Der Kapitän überlegt einen Moment, bevor er bestätigt: "Si."

Wenn der Eine geht, kommt
der Andere. Was schon fast eine philosophische Betrachtungsweise des Lebens darstellt, gilt auch für einen professionellen Sportverein. Zumindest dann, wenn er von der Außenwelt auch weiterhin als professionell wahrgenommen werden will. Aus finanziellen Gründen wäre ein Spielertrainer sinnvoll, doch seine Kollegen im Beirat sind gegen den Vorschlag. Der Vorsitzende hat gleich geahnt, dass die Entscheidungsfindung durch die Befragung anderer Menschen nach ihrer Meinung unnötig verkompliziert wird. Auch der neue Geschäftsführer hat überflüssigerweise eine eigene Meinung. Zu Beginn der gemeinsamen Sitzung in Sachen Trainerfindung aller Beiratsmitglieder und des Geschäftsführers, der via Telefon aus dem Einwohnermeldeamt zugeschaltet ist, bringt jeder seine Erwartungshaltung in die Runde ein: "Wir brauchen eine wirtschaftlich tragbare Lösung, die unsere sportlichen Anforderungen erfüllt und zu unserer Marke, dem Verein, passt", lässt sich der Geschäftsführer vernehmen.
"Ach, Srddkl, du hast mir besser gefallen, als du einfach nur Bier gebracht hast", sagt der dritte Mann. "Du hörst dich an wie meine Vertriebsleiter in der Firma. Wie ein BWLer. Grauenhaftes, austauschbares Blabla."

"Das ist kein Grund, beleidigend zu werden. Außerdem werden solche Heinis bei dir in der Firma befördert, oder?" insistiert Anonym_männlich-in-den-besten-Jahren.

"Genau deswegen brauche ich viel Pils", hebt der dritte Mann das Glas.

"Hat noch jemand sachdienliche Hinweise?", fragt der Beiratsvorsitzende, ohne daran glauben zu können. Niemand erhebt das Wort. "Beginnen wir also mit einem unerfreulichen Thema. Das müssen wir tun, denn wir haben keine anderen. Also, wir vermissen Vereinsanteile mit Stimmrecht. Die sind weg. Stellt sich also die Frage, wo sie sind. Oder wer sie hat. Da wir der Beirat sind und daher Kontrollpflicht haben, könnte es sein, dass uns demnächst Fragen dieser Art gestellt werden. Wir sollten dann eine Antwort haben, die möglichst über ‚Tja, so etwas sollte natürlich nicht passieren' hinausgeht."

Betretenes Schweigen setzt ein. Keiner der Anwesenden hat bislang jemanden kennengelernt, der einfach mal Aktienanteile oder Industrieobligationen verschusselt hat. Wie kann es passieren, dass die Anteile an einer Kapitalgesellschaft ungewollt abhandenkommen? Da den Anwesenden nicht einmal die Fragestellung ganz klar ist, erwartet der Beiratsvorsitzende auch keine Antworten von ihnen.

"Also, Jungs" schlägt er einen jovialen Ton an, "hört euch mal diskret um, ohne große Wellen zu schlagen. Kann natürlich sein, dass der große Unbekannte aus der Deckung kommt, wenn ich die Vertrauensfrage stelle, um sein Stimmrecht auszuüben. Mir wäre es lieb vorher zu wissen, wer das ist."

Unter den gegebenen Umständen ist die Abstimmung über den Beiratsvorsitzenden jedoch die beste Möglichkeit, die

verschollenen Anteile zu lokalisieren. Danach kann man sich konkrete Gedanken machen, wie sie wiederzubeschaffen sind. Natürlich ist es ein Unterschied, ob beispielsweise Eff oder die Schwiegermutter des Beirats die Anteile besitzt. Im ersten Fall kann man mit guten Worten oder stabiler Währung, so man diese irgendwo auftreiben kann, etwas ausrichten, im zweiten Fall hilft gesunder Menschenverstand nicht weiter und die beste Lösung für alle Beteiligten wäre die sofortige Löschung des Clubs aus dem Vereinsregister.
Nachdem dieser Punkt erfolgreich verschoben worden ist, legt der Beirat zwei Stapel Mappen, einen sehr übersichtlichen und einen recht großen, auf den Tisch. In dem großen Stapel liegen die Bewerbungen, die für den Verein nicht infrage kommen, in dem kleineren Stapel befinden sich die Mappen der Interessenten, die nach der Vorauswahl des Beiratsvorsitzenden übrig geblieben sind. Der dritte Mann greift zu und schlägt eine der Mappen auf.
"Warum ist der hier für uns kein Thema? Er ist als Spieler Deutscher Meister geworden und hat als Trainer schon einen Europapokal gewonnen. Was spricht gegen ihn?"
"Schau mal unter Gehaltsvorstellung nach."
Der dritte Mann tut das, greift sodann in die Innentasche seines Jacketts und holt ein Röhrchen mit Tabletten heraus, von denen er hektisch zwei oder drei in seinen Rachen wirft.
"Der hat es auf meine Gesundheit abgesehen. Meine Güte, was für eine Zahl. Wenn einer meiner Angestellten so viel im Jahr …"
"Im Monat, dritter Mann. Im Monat will er das verdienen."
Das Beiratsmitglied wirft noch eine Tablette hinterher. Dieser Job führt ihn an den Rand seiner Belastbarkeit. Er fragt in die

Runde: "Hat jemand noch ein Pils? Ich soll die Tabletten mit ausreichend Flüssigkeit einnehmen."

Die desillusionierten Beiratsmitglieder hören vom Vorsitzenden weitere Beispiele von Trainern aus dem großen Stapel. Mit einem sehr jungen Trainer aus einer niedrigen Liga, dessen Gehaltsvorstellung nicht so weit über den Möglichkeiten des Clubs liegt, hatte der Vorsitzende persönlich telefoniert. Der Mann hat einen Job für seine Frau verlangt, weil sie gutes Geld verdienen müsse für den als sehr wahrscheinlich zu betrachtenden Fall, dass er innerhalb von sechs Monaten wieder gefeuert wird.

"Dann schick deine Frau doch auf den Strich, wenn es so weit kommt", schlug der Beirat vor, weil er dort gute Verdienstmöglichkeiten vermutet.

"Das geht nicht. Dort habe ich sie doch kennengelernt. Sie will das nicht mehr machen."

Weil sich eine solche oder eine ganz ähnliche Geschichte über eine Vielzahl der Bewerber erzählen lässt, ist der Stapel mit den infrage kommenden Bewerbungen sehr dünn. Anonym_männlich-in-den-besten-Jahren nimmt die Mappen in die Hand, blättert die Unterlagen durch und sieht sich gezwungen zu fragen: "Was waren noch mal die Voraussetzungen? Ich meine, außer billig?"

"Er sollte noch eine andere Aufgabe wahrnehmen können. Den Bus fahren, zum Beispiel."

"Wir haben doch gar keinen Bus mehr."

"Das ist doch auch nur ein Beispiel. Er kann meinetwegen auch Masseur sein. Oder Koch. Dann kann er uns günstig etwas zu essen machen, und wir müssen nicht mehr in Restaurants gehen." Oder, wie in seinem Fall, nicht mehr das Essen

seiner Frau verdauen. Irgendwie ist ihm diese Option die sympathischste, doch die bisherigen Bewerbungen geben das nicht her, wie auch Anonym_männlich-in-den-besten-Jahren feststellt: "Den Ansatz verstehe ich ja, aber was hat dieser Typ in dem Stapel zu suchen? Als Referenz gibt er an, westdeutscher Vizemeister 1984 im Kekswichsen gewesen zu sein. Er schreibt, im Handball sei Zielgenauigkeit ebenfalls dem Erfolg zuträglich, aber mit Handball selbst hat er noch nichts zu tun gehabt."
"Schau mal unter Gehaltsvorstellung nach."
"Was? Kost und Logis? Willst du ihn auch beim Mannschaftskapitän unterbringen?"
Der Vorsitzende lächelt vielsagend, schweigt sich aber aus, während sein Beiratskollege die nächste Bewerbung betrachtet: "Dieser hier ... äh ... diese hier. Eine Frau. Sie meint also, der Verein sollte die Krise als Chance verstehen und Tabus brechen und der erste Bundesligaverein im deutschen Handball sein, der eine Frau als Trainer einstellt. Sie ist Sportkeglerin und glaubt in allen Sportarten, die über ein rundes Spielgerät verfügen, kompetent zu sein. Um Himmels willen, das ist doch Wahnsinn."
"Schau mal unter Gehaltsvorstellung nach."
Das Beiratsmitglied stöhnt, vielleicht weint es auch ein wenig. Die Bewerberin schreibt, da sie in der männlich dominierten Handballwelt neue Akzente setzen will, sei ihr die Aufgabe wichtiger als der Lohn. Der Verein solle ihr sagen, was er leisten könne, und sie sei sicher, dieses akzeptieren zu können.
"Halleluja", ruft der geschockte Mann aus und befürchtet, dass ihr auch die Ergebnisse ihrer Mannschaft nicht so wichtig sind, da sie ja schließlich nicht dem männlichen Ansatz folgen

möchte, der im Profisport eine gewisse Verpflichtung zum Erfolg vermutet. "Bisher sehe ich den Kekswichser vorne."
Für einen Moment schließt er die Augen und schüttelt den Kopf. "Scheiße, habe ich eben wirklich gesagt, dass ich einen, der auf Kekse ... äh ... ja ... als Trainer für unseren Club favorisiere? Dritter Mann, gib mir mal ein paar von deinen Tabletten."
Die nächste Mappe bringt eine Überraschung. Der Blick auf die Gehaltsvorstellung zeigt eine Zahl, die für den von einer individuellen Euro-Krise betroffenen Verein zwar nicht leicht aufzubringen ist, aber im Bereich des Möglichen liegt. Der dritte Mann sieht bei einem ersten Überfliegen und bei einem weiteren, etwas genaueren Blick nichts, was ihm an der Handballwelt zweifeln lässt. Der Mann hat einen kleinen Verein trainiert – zwar sieben Spielklassen sieben tiefer, aber immerhin – und bislang hauptberuflich als Rohrverleger gearbeitet. Das ist gut, da ein gewisses handwerkliches Geschick vorausgesetzt werden kann. Okay, über seinen Geschmack für Brillen lässt sich diskutieren, aber echte Hoffnung keimt im Beiratsmitglied auf: "Ist der Mann noch zu haben? Er ist konkurrenzlos. Das dürfen wir ihm bloß nicht sagen."
"Der Tipp ist von einer Vermittlungsagentur. Eigentlich bieten sie ihn uns für die vakante Stelle des Hallenhausmeisters an."
"Egal. Ein Trainer, der hausmeistert, ist so gut wie ein Hausmeister, der trainert."
"Äh ... ja, sicher. Wollen wir ihn also zum Gespräch einladen?"
"Ach was. Ruf ihn an und sag ihm, dass sein Vertrag per Post auf dem Weg zu ihm ist."

Es hat eine Weile
gedauert, bis man alle Unterlagen zunächst überhaupt mal gefunden und anschließend gesichtet und die aktuelle Organisation in einem Organigramm, das dem inzestuösen Treiben in der griechischen Mythologie nicht unähnlich ist, dargestellt hat. Das Fazit, zu dem man nach etlichen nicht immer sachlichen und erst recht nicht immer der Sache dienenden Diskussionen gekommen ist, lautet: "So kann das alles nicht bleiben. Wenn wir für die nächste Saison eine Lizenz beantragen wollen, dürfen sich nicht 49 Prozent unsere Anteile in Händen eines Unbekannten befinden."
Immerhin gibt es einen Tipp aus gewöhnlich gut informierten Kreisen. Demnach ist ein Steuerberater der richtige Ansprechpartner. Eine heiße Spur, die Ess verfolgt, ohne seinen Platz in der Warteliste aufzugeben. Darum geht es, als das Telefon nachts den Beiratsvorsitzenden weckt und Sprlklg ihn informiert, dass sich der Unterhändler tatsächlich gemeldet habe.
"Welcher Unterhändler?"
"Der Steuerberater von dem Typen, der 49 Prozent der Vereinsanteile besitzt."
"Wer hat sie denn, Ess?"
"Keine Ahnung. Vielleicht Vau, vielleicht Eff. Dem haben sie jedenfalls mal gehört, ich weiß aber nicht, was er damit gemacht hat."
Der Beiratsvorsitzende ist eigentlich immer noch der Meinung, dass man Vereinsanteile nicht einfach so verschwinden lassen kann wie ein gestohlenes Bild, doch mitten in der Nacht ist nicht die rechte Zeit für Überlegungen, die ohnehin

zu keinem Resultat führen. Er fragt seinen Anrufer, was er will.

"Du musst zu dem Treffen mit dem Unterhändler gehen. Ich bin hier unabkömmlich, denn ich warte ja ..."

"... auf die Namensänderung. Jaja, ich weiß. Wir wissen es alle. Komm doch einfach zurück. Wir geben eine Pressemitteilung raus und sagen einfach, du hättest jetzt einen neuen Namen. Wir nennen dich einfach Ess und gut ist. Wir sagen, du bist ein Konvertit. Was hältst du davon?"

"Nein. Ich sitze hier jetzt schon so lange und habe endlich das Bergfest hinter mir. Nummer 812 ist schon bearbeitet worden."

Der Geschäftsführer gibt eine Adresse durch und der Beiratsvorsitzende macht sich sofort auf den Weg, um den Unterhändler persönlich anzutreffen. Da er in dieser Nacht in Gesellschaft des altbekannten Effs sein soll, lässt sich das Thema möglicherweise unter Männern ein- für allemal ausräumen. Die Adresse sagt dem Beirat nichts, doch der Taxifahrer findet das Haus mühelos. Nach dem Klingeln öffnet sich ein Guckloch in der Tür und kritisch blickende Augen taxieren den Besucher.

"Parole?"

"Wie, Parole?"

"Kennwort. Code. Erkennung. Passwort. Wenn du weißt, was ich meine."

Langsam hat der Beirat die Schnauze voll. Es ist keineswegs zu früh, schlechte Laune zu kriegen: "Mach die Scheißtür auf, sonst ..."

Der Satz bleibt unvollendet, was das Interesse des Mannes jenseits der Tür weckt: "Sonst ... sonst was? Komm, du weißt es doch."
"Mach endlich die Scheißtür auf, sonst ... "
Ja, was sonst? Abgesehen davon, dass er sonst nicht reinkommen wird, sind keine Konsequenzen erkennbar. Er hat keine Waffen, die ein größeres Bedrohungsszenario rechtfertigen, und fühlt sich ein wenig wie Nordkorea, das dem Süden des geteilten Landes erklärt, sich mit ihm im Kriegszustand zu befinden, mit dieser Mitteilung aber nicht auf größeres Interesse stößt.
"Mach die Scheißtür auf, sonst gibt es was aufs Brett", vollendet ein groß gewachsener Mann den Satz. Sofort springt die Tür auf.
"Lange nicht gesehen", begrüßt der Türsteher den Gast. "Wo warst du gestern?"
Vielleicht liegt es an dem schlechten Licht, dass der Beirat den Mann, der nun das Wort an ihn richtet, nicht sofort erkennt: "Ich wusste gar nicht, dass du auch zockst."
"Was?", schnaubt der Beirat, der das auch noch nicht weiß, aber nun einen der Spieler des Clubs erkennt. "Ich denke, du bist verletzt", sagt er zu dem Profi, der sich beim Verlegen von Deckenpaneelen um ein Haar selbst gekreuzigt hätte und erst nach einigen Wochen durch einen hilfsbereiten Wohnungseinbrecher von der Decke demontiert wurde, an die er sich genagelt hatte.
"Ich kann nicht fangen und werfen, aber ich kann sitzen und zocken. Was spielst du?"
"Ich weiß überhaupt nicht, was hier gespielt wird."

Der Türsteher wendet sich an den Stammgast: "Darf er mit rein?"

"Klar, der ist sauber. Komm, Beirat."

Der Beirat folgt dem Spieler, der ihn von einem Raum, in dem Roulette gespielt wird, über einen Raum für Backgammon in ein verrauchtes Zimmer mit einem Pokertisch führt. Einen der Spieler am Tisch kennt der Beirat. Auch er ist einer der verletzten Akteure des Clubs. Offensichtlich fungiert das Gebäude als Träger von wesentlichen Reha-Maßnahmen. Der Handballer am Tisch trägt eine Sonnenbrille, aber dafür keine Hose.

"Die habe ich verloren", erklärt er dem Beirat, "aber dafür habe ich die Sonnenbrille gewonnen."

"Wie ich sehe, trägst du ein Suspensorium", sagt der Beirat.

"Ja, unser Torwart war früher am Abend auch da. Ich habe es ihm abgenommen."

Der Beirat und sein Begleiter setzen sich an den Tisch. Dem Funktionär direkt gegenüber sitzt ein Mann mit Sonnenbrille und starrt ihn ausdruckslos an. Das muss der Unterhändler sein, kombiniert der Beirat, dessen Augen sich langsam an den Smog im Raum gewöhnen. Nun nimmt er hinter dem Unterhändler auch einen im Schatten sitzenden Mann wahr. Wenn der Unterhändler tatsächlich Steuerberater ist, könnte es sich beim Schattenmann um seinen Mandanten handeln.

"Eff, bist du es?"

Zwei Finger des Mannes heben sich zum Zeichen "V" in die Luft. Zeugt das von allgemeiner Siegeszuversicht oder ist es ein Hinweis auf die wahre Identität des Schattenmanns? Es könnte sich schließlich durchaus um Vau handeln. Oder um einen Fan des Schriftstellers Thomas Pynchon.

"Namen sind hier Schall und Rauch", sagt der Unterhändler. "Wir sind alle inkognito hier."
Der Beirat kauft sich in das Spiel ein. Er hat in seinem Leben schon oft Poker gespielt. Manchmal ging es um Angebote für Ausschreibungen, häufiger um Vertragsverhandlungen mit Mitarbeitern und Kooperationspartnern und meistens um Finanzanlagen, doch noch nie hat er mit Karten gespielt. Die ersten Minuten vergehen, ohne dass er eine Hand spielt, doch dann kommt Bewegung in die Szenerie. Der Unterhändler sagt "All In", ohne eine Miene zu verziehen. Er schiebt eine Urkunde in die Mitte des Tisches. Der Beirat übt sich in nonverbaler Kommunikation. Seine sich fragend hebende Augenbraue will vom Unterhändler wissen, ob diese Urkunde das darstellt, weswegen er sein Bett verlassen hat, doch der Unterhändler, Pokerface bis zum Ende, zeigt keine Regung. Dafür kommt eine Stimme aus dem Off, vom Platz direkt hinter dem Steuerberater. Die Stimme ist dem Beirat nicht fremd. Sie verkündet: "Deswegen bist du doch hier, Beirat."
Die Anteile des Vereins, die noch nicht unter Kontrolle, also im Besitz aktueller Sponsoren, sind, liegen auf dem Tisch. Die Gründe, die dazu geführt haben, dass sie sich in den Händen eines ehemaligen leitenden Angestellten befinden, verdienen zwar eigentlich eine Erörterung, doch den Beirat hat schon während erster Recherchen starker Schwindel heimgesucht. Aus Kreislauf stabilisierenden Gründen hat er weitere Untersuchungen zunächst vertagt und es sich zur Aufgabe gemacht, die Anteile einfach wieder unter Kontrolle zu bringen. Er hält es für einen Wink des Schicksals, gerade jetzt zwei Asse in der Hand zu halten. Durchschnittlich passiert das gerade mal alle 220 Hände, doch derlei Statistiken interessieren ihn nicht.

"Gott ist groß", sagt er und versucht, cooler als der Unterhändler zu wirken: "Call." Er wundert sich ein wenig, dass ein Spieler nach ihm, allerdings sehr viel weniger cool, Gleiches tut und seine paar Chips noch hinterher schiebt.

"Hosen runter", ordnet der Dealer an. Als der Beirat sieht, wie der Unterhändler seine Karten – zwei Könige – offen auf den Tisch legt, lächelt er. Man soll den Tag nicht vor dem Abend und so weiter, aber der Beirat ist sehr zuversichtlich, als er seine Asse offenbart.

Der Spieler nach ihm erinnert daran, dass die internationale Pokersprache englisch ist, indem er "Suck this" ruft und Pik 2 und Kreuz 7 auf den Tisch legt. Rein mathematisch betrachtet die ungünstigste Ausgangshand, die man haben kann, doch manchen hilft es, Poker nicht allzu rational zu betrachten. "Eine Wette. Habe vorher gesagt, ich gehe All In, wenn ich diesen Schrott unsuited auf die Hand bekomme. Ein Mann, ein Wort", sagt er und scheint sich zu wundern, dass keine Beifallsbekundungen folgen. "Ein Wort, ein Spinner", ruft die Stimme aus dem Off als wüsste sie, wovon sie spricht.

Der Dealer legt drei Karten verdeckt auf den Tisch. Der Beirat glaubt an den Sieg, aber zum Feiern ist es noch zu früh. Es ist nicht unmöglich, dass ein dritter König auf dem Board auftaucht und die Lage verändert. Als der Kartengeber die Karten umdreht, erblicken Herz 7, Karo 9 und ein Pik Bube das Licht der Welt. "Alles gut", denkt der Beirat, auch wenn der Typ an seiner Seite die Sieben getroffen hat und sich dafür lautstark selbst feiert. Die Asse halten auch nach dem Turn, der Karo 4 zeigt. 'Nur noch eine verdammte Karte', denkt der Beirat, 'und alles ist im Lack.'

Er denkt an die Berichterstattung über den Verein in der Presse, die in den letzten Tagen und Wochen wieder einmal von sportlichen Inhalten zu eher administrativen Themen gewechselt ist. Spekulationen darüber, wem der Verein warum zu welchem Anteil überhaupt gehört. Nur noch eine Karte, denkt der Beirat, dann ist der Spuk vorüber. Er macht sich zum Jubeln bereit wie ein Spieler, der seinem Kameraden beim spielentscheidenden Siebenmeter in der letzten Sekunde zusieht. Der Dealer deckt Kreuz 2 auf, und für eine süße Sekunde wähnt sich der Beirat in der Stunde des Siegers, bis Raunen und Gelächter am Tisch ernste Zweifel wecken.

"Wahnsinn, mit dem Scheißblatt zu gewinnen. Unglaublich", kommentiert ein Spieler die Hand.

"Hinten kackt die Kuh", resümiert eine andere Stimme hilfreich.

Der neue Besitzer der Anteile schaut auf die Urkunde. "Donnerwetter", sagt er. "Ich bin nun Besitzer eines Clubs. Oder eines halben Clubs. Irre. Naja, wenn es am schönsten ist, soll man gehen. Tschüss dann."

Der Beirat folgt dem Mann, der sich im Gastraum an die Theke setzt und mit einem Cocktail seinen Erfolg feiert. Der Beirat seufzt, setzt sich neben den Mann und bestellt ein Bier.

"Was haben Sie mit den Anteilen vor?", fragt er möglichst unverfänglich.

"Ich werde mir die andere Hälfte besorgen und den Club dann meistbietend verkaufen."

Das Grinsen des Mannes gefällt dem Beirat nicht. Er gibt zu bedenken, dass man sich nicht in Amerika befindet, doch den Fremden ficht das nicht an. Er hat längst bemerkt im Besitz einer Sache zu sein, die der Beirat nur zu gern hätte. "Machen

Sie mir ein Angebot, dem ich nicht widerstehen kann", sagt er aufmunternd.
"Viel Geld kann Ihnen nicht bieten."
Der Mann winkt ab. Geld sei nicht alles. Er sei beschämt, zu den Typen gezählt zu werden, die nur mit schnödem Mammon geködert werden können. "Einfluss, Macht, Gestaltungsmöglichkeiten – das reizt mich auch."
Es beginnt, nach Kuhhandel zu stinken, stellt der Beirat mit erfahrenem Riecher fest. Wenn man vom Land kommt, hat man bei dieser Art von Geschäft klare Vorteile.
"Wie heißen Sie?"
"Nennen Sie mich Zwei Sieben."
"Okay. Was machen Sie beruflich?"
"Steuerrater."
"Steuerberater? Das trifft sich gut. Einen Mann mit einem solchen Hintergrund können wir sehr gut in unserem Gremium gebrauchen. Jahr für Jahr wird das Steuerrecht komplizierter, auch und gerade für Vereine. Sie könnten als Beiratsmitglied aktiv Einfluss auf unsere Bilanzgestaltung nehmen und aktiv am Lizenzierungsverfahren unseres Clubs teilnehmen. Als Mitglied des Beirats sind Sie natürlich privilegiert."
Der Beirat ist froh über die Entwicklung der Dinge. Anteile in der Obhut eines Steuerberaters könnten der Allgemeinheit als lange geplanter Schachzug verkauft werden, als eine Idee, die Zeugnis gibt für Weisheit und Seriosität des Beirats im Allgemeinen und seines Vorsitzenden im Besonderen. Ferner können die 49 Prozent die bald anstehende Vertrauensfrage fast allein entscheiden.
"Wir suchen schon lange ein weiteres Mitglied für unseren erlesenen Zirkel. Doch es ist nicht leicht, jemanden zu finden,

der dieser Ehre würdig ist. Nun glaube ich aber, in Ihnen eine solche Person gefunden zu haben, mein lieber Zwei Sieben. Werden Sie einer von uns?"
"Jau."
Die Männer geben sich die Hand drauf. Während der Beiratsvorsitzende schon ausrechnet, wie viel der Verein einsparen kann, da er zukünftig nicht mehr auf die Dienste des externen Steuerbüros angewiesen ist, sagt Zwei Sieben sich nicht dafür verantwortlich zu sein, was die Menschen verstehen und daraus machen. Tatsächlich hatte er bei seinem letzten Arbeitgeber nur geraten, was an Steuern fällig sein könnte. Da er damit ziemlich falsch gelegen hatte, fiel unweigerlich auf, dass er nicht die geringste Ahnung von der Materie hat, weswegen er fristlos entlassen wurde. Ja, deswegen, und weil man ihm nachweisen konnte, die Bewerbungsunterlagen gefälscht zu haben, denn tatsächlich hat er nie im Leben irgendwas gelernt oder studiert, was mit der Berechnung von Steuern oder dem legalen Ausnutzen von Steuerschlupflöchern zu tun hat.
Dass der Beirat ein Problem mit seinen Ohren hat, kann man Zwei Sieben aber nun wirklich nicht vorwerfen.

Ein paar Siege
kann die Mannschaft im Verlauf der Saison doch noch einfahren. Der Knoten platzt, als das Team über ein Mitfahrgelegenheitsportal im Internet die Anreise zu den Auswärtsspielen perfektioniert und mit fast komplettem Kader endlich der erste Auswärtssieg gelingt. Anteil hieran hat auch der nachverpflichtete Iberer, der sich, wie von seinem Trainer erhofft, als echter Profi präsentiert. Allenfalls an seinem Torwurf hat

man bemerken können, dass er zuvor kein Handballer war. Für einen Profi-Tennisspieler hat er allerdings eine sehr passable Rolle gespielt, und ehe man sich darüber wundern kann, dass ihm Bratwurst besser als Paella schmeckt, erhält er von einem benachbarten Tennisverein das Angebot, dort als Greenkeeper zu arbeiten. Der Verein zahlt sogar eine Ablösesumme und der Spieler freut sich, dass er auch weiterhin zu wenig verdient, um ernsthaft darüber nachzudenken, seine Frau nachkommen zu lassen. Alle Beteiligten sind zufrieden. Alle außer dem Mannschaftskapitän, der zukünftig wieder selbst auf seine Kinder aufpassen muss.

Hilfreich auch der Sieg über den nordostwestfälischen Lokalkonkurrenten, der nicht zum Gastspiel antreten kann und so die Punkte kampflos abliefern muss. Hintergrund ist eine tragische Liebesgeschichte. Ein Spieler der Nordostwestfalen hat sich in einen weiblichen Fan des Bundesliga-Konkurrenten aus dem gleichen Landkreis verliebt. In eine Frau also, die man aufgrund ihrer nach außen demonstrierten Leidenschaft für den dörflichsten Verein der Liga durchaus als Tusse betrachten kann. Da dies aus Sicht der hinter-den-Ohren-immer-noch-grünen-Fans ein nicht zu akzeptierender Verstoß gegen die guten Sitten ist, wird der Mannschaftsbus vor der Abfahrt zum anstehenden Auswärtsspiel von den Anhängern blockiert. Polizeikräfte können nicht eingreifen und die Blockade aufheben, da alle verfügbaren Kräfte zur Sicherung eines Kreisliga C-Fußballspiels eingesetzt werden müssen, um die dort üblichen Gewaltexzesse zu unterbinden.

Der Klassenerhalt perfekt gemacht wird durch den Zwangsabstieg einer Mannschaft aus dem Oberbergischen. Die Lizenz wird dort nicht entzogen, sie geht einfach verloren. Leider ist das Original dieser Lizenz ein einmaliges, nicht zu ersetzendes Unikat, das auf Verlangen vorgezeigt werden muss. Als genau dies erwartungsgemäß im Rahmen des jährlichen Lizenzierungsverfahrens geschieht, beginnt eine groß angelegte, unkoordinierte und chaotische Suchaktion. Zwar wird hierbei die lange vermisste Nadel im Heuhaufen gefunden, aber die Lizenz bleibt verloren. Die Schuldzuweisungen, wer die Lizenz letztendlich verbummelt hat, werden noch mehrere Dekaden anhalten, doch in Ostwestfalen, diesem Landstrich, der den Widerspruch schon im Namen trägt und dessen ultimative Steigerung sich im Lippischen äußert, laufen die Planungen für die neue Spielzeit allmählich an. Als potenzieller Neuzugang für die Abwehrformation wird ein ehemaliger Rausschmeißer einer Großraumdiskothek gehandelt, dessen Haftstrafe wegen Körperverletzung pünktlich zum Trainingsauftakt der neuen Saison endet. Ein Reiseveranstalter kann sich vorstellen, zukünftig über den Club zu werben, und überlegt, der Mannschaft einen Bus zur Verfügung zu stellen. Der Mannschaftskapitän bekommt leuchtende Augen, als er den Beirat im informellen Pressegespräch sagen hört: "Wir wollen ein Foto vom Kapitän auf dem Bus anbringen."

Der langjährige Spieler des Vereins ist gerührt. Er legt dem Beirat die Hand auf die Schulter und sagt mit vor Rührung wässrigen Augen und getragener Stimme: "Das ist eine sehr große Ehre", und stellt sich den Mannschaftsbus vor, der, mit seinem Konterfei verziert, auf der Autobahn zum Überholvorgang ansetzt. Die Zukunft sieht gar nicht so schlecht aus.

Der Beirat nickt zustimmend. Camilla, die Kapitänin des schwedischen Bikini-Teams, das in der neuen Saison die Rolle der Cheerleader und Hupfdohlen übernimmt, hat sich sehr gefreut und bei dem Fotoshooting einen tollen Eindruck hinterlassen. "Yo, Käpt`n. So schaffen wir es glatt bis nach Hollywood."

Nur noch zwei
Wartende sind vor ihm in der Schlange, als eine weitere sinnlos verpuffende Reform, die dieses Mal über die Behörden herfällt, greift. Erstmalig werden Betriebsferien für Einwohnermeldeämter eingeführt, was allgemein als die größte Leistung der aus nicht mehr nachzuvollziehenden Gründen gewählten Regierung in dieser Legislaturperiode gilt. Die Wartenden wie Skrprgh bekommen einen Zettel in die Hand und werden um ihr Verständnis sowie ihren erneuten Besuch in sechs Wochen gebeten.
Der Beirat wundert sich schon, lange nichts mehr von seinem Geschäftsführer gehört zu haben, als er in der Zeitung liest: 'S., Geschäftsführer eines Handball-Bundesligisten, nach Randale im Einwohnermeldeamt derzeit in Untersuchungshaft, wartet weiter auf die Hinterlegung der Kaution durch seinen Verein.'
"Nun, Ess, ich habe dir doch gesagt, wir sollten dich einfach anders nennen. Aber keine Sorge, mein Lieber, ich und die anderen Jungs vom Beirat, wir gehen bald pokern. Wenn wir das Geld für die Kaution gewonnen haben, holen wir dich da raus. Es ist nur eine Frage der Zeit. Deine Freunde lassen dich nicht hängen."

Aus der weiterhin nicht entstehenden Serie

ENTHÜLLTE JOURNALISTEN DECKEN AUF:

Wo die Bälle trudeln 2014

(K)einer für alle

Ein paar Tage
sind seit dem letzten Spieltag der Saison vergangen. Es ist an der Zeit, um in Ruhe auf einer spanischen Finca auf Vergangenes und Bevorstehendes zu trinken. Die Oberen 10.000 sind dem Ruf iduRs gefolgt, der traditionell einige Geschäftsführer, Manager und sonstige Erscheinungen aus der Liga, die nach ebenso bescheidener wie sympathischer Selbsteinschätzung die stärkste der Welt darstellt, eingeladen hat. Unter den Gästen sind auch ein paar der talentiertesten Hula-Hula-Tänzerinnen aus den karibischsten Ländern der Welt.
Der nordwestdeutsche Zäpfchenfabrikant iduR denkt in diesen Tagen einmal mehr laut über seinen Rücktritt von allen Ämtern und Funktionen, die er bei einem als Handballverein bekannten Projekt in seiner Wahlheimat einnimmt, nach. Der sportliche Misserfolg in der vergangenen Spielzeit hält sich im Rahmen, das geschätzte finanzielle Minus ist schon mal höher gewesen, doch irgendwie ist es dieses Jahr anders als in den Jahren zuvor. iduR hat keine Lust mehr, den Deckel zu bezahlen, weil alles so kompliziert geworden ist. Früher hat es für die Erlangung der für den Spielbetrieb nötigen Lizenz ausgereicht, wenn er sagte: „Yo, wenn was offen ist, lasst es mich wissen, ich zahl das dann", doch jetzt sollen allerlei Unterlagen eingereicht, Dokumente vorgelegt und Unterschriften geleistet werden. 'Gerichtsfest', so das vielfach verwendete Attribut, als wäre eine einheitliche Rechtsprechung Realität. Das alles bedeutet jedenfalls einen zusätzlichen Aufwand, der dem Zäpfchenfabrikanten am Zentrum seines beruflichen Interesses vorbeigeht.
In den vergangenen Jahren hat er seinem Verein schon häufig den Rücken gekehrt. Grund dafür sind zumeist akute Sach-

zwänge wie schlechte Laune oder eine allgemeine Unlust gewesen, doch zum Glück für den Großstadtverein halten diese Zustände üblicherweise nicht lange an, weshalb iduR bislang stets in anders bezeichneter Funktion wieder zurückgekehrt ist. Nun aber scheint eine endgültige Trennung zwischen Gönner und Club bevorzustehen, denn es fällt niemandem mehr eine neue Bezeichnung für die Funktion ein, die iduR nach einer erneuten Rückkehr übernehmen könnte. Es ist die größte Krise des noch jungen Vereins. Niemand weiß genau, wie schlecht es um die finanzielle Situation des Clubs steht, denn die Geschäftsführer der letzten Jahre sind nie lange genug im Amt geblieben, um einen Saldo ermitteln zu können. (Dem Letzten, der das geschafft hat, wurde nach Ergebnisermittlung attestiert, nicht rechnen zu können, weshalb er umgehend von seinen Aufgaben befreit wurde.) Der gerade seit ein paar Wochen im Amt befindliche neue Geschäftsführer des Vereins versucht immer noch Hinweise darauf zu finden, wann und wie die letzten Rechnungen beglichen wurden. Die Lizenz ist in weiter Ferne, damit einhergehend die Spielberechtigung für die höchste Spielklasse und der ganze Verein akut insolvenzgefährdet. Nur ein erfolgreiches Gnadengesuch in Verbindung mit einem ganzen Haufen frischen Geldes kann den Zwangsabstieg noch verhindern.

iduR richtet das Wort an seinen alten skandinavischen Freund, einem der treuesten Fincanutzer der letzten Jahre: „Alter Schwede, du weißt doch, wie das ist, wenn man einen Kahn absaufen lässt. Was kannst du mir aus deinen Erfahrungen berichten?"

Der Angesprochene schließt einen Moment die Augen. Wie iduR heute war auch er bis vor nicht allzu langer Zeit Herr eines umsatz- und ertragreichen Unternehmens und weiß nur zu gut, wie klein der Schritt vom Mäzen zum Mätzchen ist. Er hatte einst einen anderen Verein unterstützt, bis er seine Zuwendungen mehr und mehr dosierte und schließlich seine Perlen anderen Tieren zum Fraß vorwarf. Von iduR darauf angesprochen, bricht endlich aus dem Nordmann hervor, was schon lange raus musste: „Hicks."

Etwa zur gleichen Zeit
wartet Hein Großwahn in seiner Eigenschaft als Vorsitzender der Ligavereinigung auf den Flug zur Sonneninsel. Er trägt eine Mütze, Schal und Trikot des Vereins, um dessen Zukunft es so schlecht bestellt ist. Durch die jüngst getätigten Fanartikel-Einkäufe des Vorsitzenden verdoppeln sich immerhin die Merchandising-Einnahmen des Vereins, was natürlich ein gutes Zeichen ist. Dem Vorsitzenden ist klar, welch große Bedeutung der Club aus der Millionenstadt für die ganze Liga hat, und erst recht ist er sich der Bedeutung seiner Mission bewusst. Wenn er iduR nicht davon überzeugen kann, weiterhin Geld zu verbrennen und somit den Motor des Clubs am Laufen zu halten, verliert die Liga einen ihrer attraktivsten Standorte. Eine ungeheure, gar nicht in Worte zu fassende Strahlkraft geht von dieser Marke, diesem Club, diesem Namen der Stadt aus. Er bewegt die Massen, nicht nur hier in der Stadt, sondern überregional, ja, im ganzen Land, wenn nicht sogar überall auf der Welt. Ja, so ist es, er kann es überdeutlich sehen: Der Handball gehört in die großen Städte, denn dadurch ... äh, ja, was eigentlich? So ganz genau weiß Hein das manchmal auch nicht mehr, obwohl er es seit Jahren gebetsmühlenartig wiederholt. Irgendwie wird dadurch alles

viel interessanter und bunter und größer und so. Menschen, die das Spiel Handball sonst uninteressant fänden, werden jedenfalls ganz bestimmt wahrscheinlich viel eher zu Freunden des Sports, weil der Name dieser Großstadt so viel Strahlkraft hat. Dieser Glaube basiert letztlich auf seiner eigenen Examensarbeit als BWL-Student mit Schwerpunkt Marketing. Großwahn glaubt weiterhin an die in dieser Arbeit aufgeführten Punkte, auch wenn sein Professor angesichts des Pamphlets über die Einführung der Examensverbrennung nachgedacht und seinem Studenten geraten hat, beruflich weder etwas mit Marketing noch was mit Handball anzufangen.

Nur ein Beispiel, wie sehr dieser Sport aber tatsächlich in die großen Städte gehört, ist dieser Dialog vor dem Schalter der Fluggesellschaft, an dem der Funktionär gerade sein Ticket abgeholt hat: „Viel Glück, Mann", haut ihm ein Passant auf die Schulter.

„Danke. Ich bin optimistisch."

„Ich mache mir echt Sorgen."

Das Gespräch zeigt doch ganz genau das, was er den Blitzbirnen aus Medien, anderen Vereinen und der Öffentlichkeit die ganze Zeit erklärt: Das Schicksal eines solchen Vereins bewegt die Menschen. Und auch ihn, aber er ist aufgrund seiner Funktion natürlich zur Neutralität verpflichtet und will sich auch im Rahmen dieses informellen Gespräches nicht zu weit aus dem Fenster lehnen. Er versucht, etwas neutralen Optimismus zu verstrahlen: „Es ist zu schaffen!"

„Wie ist dein Tipp für heute Abend?"

Der Vorsitzende befindet sich auf dem Weg zu einer Party, vermutlich werden also alle irgendwann sturzbetrunken sein, aber ist es wirklich das, was der besorgte Fan hören will?
„Schwer zu sagen."
Vor allem, wenn man die Frage nicht verstanden hat.
„Wir gewinnen, und damit haben wir den halben Weg schon geschafft. Eins zu null für uns, sage ich."
Der Funktionär stutzt. Er sieht an sich herunter und betrachtet seinen Schal, auf dem das gleiche Vereinsemblem, nämlich das gusseiserne Fragezeichen, zu sehen ist, wie auch auf den Devotionalien des Fußball-Bundesligisten, den die breite Öffentlichkeit in erster Linie wahrnimmt. Und dessen Fan Großwahns Gesprächspartner offensichtlich ist. 'Ach ja', denkt Hein an die Fußball spielenden Millionäre, denen geradeaus laufen in dieser Spielzeit extrem schwerfällt, die sich systematisch am sportlichen Suizid versuchen und für die offensichtlich an diesem Tag ein Spiel ansteht.
„Ähm ... nein. Also, ich meine, mir geht es um Handball."
„Was, Handball? Wieso, Handball."
„Es gibt hier doch auch einen Handballverein, den es zu retten gilt."
„Ach was. Handball wird hier auch gespielt? Welche Liga denn?"

Es wird allmählich
dunkel auf der Sonneninsel, die Party nimmt Fahrt auf. Der alte Schwede fragt sich, ob er nicht eigentlich Däne ist und versucht, einen Beweis für These oder Antithese oder alternativ einen Aquavit zu finden. Immer noch kommen neue Gäste an, darunter der gerade aus völlig unbekannten Gründen

wieder für die Nationalmannschaft reaktivierte Bibi Krause. Eigentlich wollte er an diesem Abend seinen Dopingkontrolleur, den Nebenerwerbsrentner Fritz W., treffen, um eine handwarme Probe seines Könnens zu überreichen, doch aus Versehen hat er statt des Zuges in die Schwäbische Alb einen Ferienflieger nach Mallorca bestiegen. Selbstkritisch denkt er: 'Was soll's?!"
Einmal mehr ist das Eliteteam, das stolze Aushängeschild des größten Fachverbandes der Welt, an der Qualifikation zu einem wichtigen Turnier, diesmal also an der kommenden WM in der Arabischen Wüste, gescheitert. Nachdem man in den vorangegangenen Jahren jeweils knapp an starken Gegnern gescheitert ist – Liechtenstein, Andorra und der Vatikanstaat haben in den letzten Jahren schließlich auch angefangen, beide Hände zum Fangen des Balles zu verwenden und somit mächtig aufgeholt –, ist man diesmal unglücklich an Luxemburg, einem Gegner einer ungleich höheren Kategorie, gescheitert. „Das kann schon mal passieren", hat Bibi Krause unmittelbar nach Spielschluss noch in Deutschland in die Fernsehkamera erklärt, „wenn der Gegner nüchtern ... äh ... gut vorbereitet ist und man selbst ... äh ... aber was soll das ganze Gerede, wichtig ist in der Halle. Wir spielen haben die Verantwortung für das, was geschehen ist. Der stellen wir uns. Nur eben nicht gern und auch nicht auf dem Platz oder gerade jetzt, in diesem Augenblick, aber sonst schon. Nächstes Jahr gibt es eine neue Qualifikation für irgendein anderes Turnier, und wenn wir dann ein gutes Los bekommen und zum Beispiel gegen Lummerland spielen können, geht es auch wieder aufwärts mit der Mannschaft. Da bin ich mir sicher. Aber ich muss jetzt auch los. Ach, falls die Dopingkontrolleure

zusehen: Meldet euch, wenn was ist, ihr habt ja meine Nummer. Servus!"

'Sehen und gesehen werden' – dieses ausgelutschte Motto wird auf iduRs Finca reinkarniert. Es gilt auch für den Ostseepaten, der in der Vergangenheit als Manager des Vereins der Krabbenpuhler viele Titel gewonnen hat. Seit einigen Jahren ist er freiberuflich tätig, aber immer noch, erneut oder auch immer mal wieder ist er ein willkommener Gast in iduRs Domizil. Ihn umweht das Fluidum eines Mannes mit allerlei Kontakten in allen Hemisphären, aber er überrascht die Augenzeugen, die ihren Sinnesorganen zu diesem Zeitpunkt noch trauen, als er und der alte Schwede sich herzlich in den Arm nehmen. Sind alte Fehden ausgeräumt? Ist man miteinander im Reinen? Oder sind beide bereits so dement, dass sie sich nicht mehr daran erinnern können, worüber sie sich eigentlich zerstritten hatten? All das sind Fragen, die dieser Augenblick nicht beantworten kann.

Derweil verkündet iduR auf der improvisierten Bühne seiner Finca stehend, dass er einen Spieler verpflichtet hat, worauf sich alle Augen irritiert auf Bibi Krause richten. Der Blick des Handballers ist jedoch gerade zwischen einer Flasche Aquavit und einer exotischen Tänzerin hin- und hergerissen, doch Bibi ist ohnehin nicht gemeint, denn der Neuzugang ist nur für einen Abend, für ein Konzert, verpflichtet worden. Der singende Handballer aus einem Alpen-Anrainerstaat betritt die Bühne und singt

„Oh-ne Deutsch-land
 fahren wir zur W-M
Oh-ne Deutsch-land
fahren wir zur W-M"

Eine kleine Gestalt – entgegen der Annahme vieler Besucher handelt es sich hierbei nicht um den Sohn eines Partygastes, sondern um Blop!, den neuen großen ... na ja, den neuen starken Mann im nationalen Verband – wirft mit leeren Aquavitflaschen in Richtung des Sängers und schreit: „Hast du eine Ahnung, du Almdudler!" Diesem droht jedoch keine Gefahr, getroffen zu werden, denn Blop! ist selbst nie ein wirklich großer ... na ja, er ist jedenfalls kein besonders treffsicherer Handballer gewesen. Den meisten Gästen gefällt das Lied nicht sonderlich, denn Witze dieser Art sind nur dann wirklich spaßig, wenn man sie in einer anderen Sportart über Holländer machen kann, aber Bibi klatscht und grölt nach Beendigung des Liedes und feiert den Interpreten. Auch, weil er nichts vom Text mitbekommen hat. Er schreit nach einer Zugabe und bekommt vom Ostseepaten, der seine Kontakte zur Hausbar umgehend ausgenutzt hat, eine neue Flasche Aquavit in die Hand gedrückt. Wie ein echter Mannschaftssportler teilt er sie mit dem auf der Suche nach seiner Identität beschäftigtem Skandinavier. „Aqua-Fit, was liegt näher auf einer Insel", ruft Bibi, während der Sänger, Bauer Tom, zur Vollstreckung eines weiteren Liedes schreitet: mit „We go no way", zieht er das Publikum auf seine Seite und erntet den verdienten Applaus. Nur der Skandinavier missversteht den Titel. Aus 'no way' wird in seinen Ohren 'Norway', was er als klaren Hinweis auf seine Herkunft deutet. Von nun an denkt und fühlt der ehemalige Schmuckdealer wie ein Norweger. Für ihn schließt sich so ein Kreis.

Beendet ist die Party
fürs Erste für den Schnitzelhersteller Lui, denn endlich ist ein Zimmer im Knast frei geworden und er kann die längst gebuchte Haftstrafe antreten. Er hat die international operierende Gammelfleisch-Mafia, eine Handvoll Ex-Frauen und eine sensationslüsterne Boulevardpresse unbeschadet überstanden. Sein Unternehmen hat Angriffe von Globalisierungsgegnern und Heuschrecken (lat.: hedsis fondsis) ebenso überlebt wie politischen Fundamentalismus in Form von Euro-Rettern und Euro-Skeptikern. Gewerkschaften haben ihn ebenso wenig in die Knie zwingen können wie verschiedene Weltwirtschaftskrisen, doch dann hat er sich mit der legitimen Nachfolgeorganisation der spanischen Inquisition, dem Finanzamt, angelegt. In diesem Kampf war er chancenlos, denn während Vergewaltigung, Mord und Totschlag in diesem beispielhaften Rechtsstaat ergebnisoffen vor Gericht verhandelt werden, wird nur der illegale Download von Musik oder Filmen härter bestraft als Steuerhinterziehung.
Nun nimmt Lui gerade sein erstes Abendessen in der Justizvollzugsanstalt ein. Er beobachtet seine Tischnachbarn, wie sie ihre Teller fragend, nachdenklich oder voller Abscheu betrachten und nacheinander jeweils einen 5-Euro-Schein in die Mitte des Tisches werfen.
„Gulasch", sagt Aua, der wegen Körperverletzung einsitzt.
„Linoleum", raunt Ehe, der Heiratsschwindler.
„Styropor", sagt Finger, der Kleptomane.
Alle blicken Lui an und warten auf den Tipp des Neuen. Was hat sich als Nahrung getarnt auf die Teller gelegt und wartet nun darauf, nicht verdaut und im Originalzustand wieder aus-

geschieden zu werden? Lui wirft seinen 5er auf den Tisch: „Feines Kalbsschnitzel."

Alle verhöhnen den Neuling, bis ein paar Minuten später Key, einer der Aufseher, an den Tisch tritt und das offizielle Ergebnis verkündet: „Feines Kalbsschnitzel", bestätigt er Luis Tipp.

Chancengleichheit war bei dem Wettbewerb nicht gegeben – na und? In der Welt jenseits der schwedischen Gardinen gibt es die auch nur in Sonntagsreden von Politikern, die nicht mal mehr von Talkshow-Guckern gekauft werden. Luis Firma beliefert schon seit Jahren die Gefängnisse des Landes mit zusammengepresster Kartonage, deren Rezeptur sich nicht nennenswert von der sie umgebenden Verpackung unterscheidet. Seine Haftbedingungen wären um einiges schlechter, wenn seine Mithäftlinge wüssten, wem sie ihren Fraß zu verdanken haben, aber Lui ist nicht als Unternehmer, sondern vorrangig als Manager eines Fußball-Vereins bekannt. Sein Verteidiger – gemeint ist hier ein Rechtsbeistand, kein Defensivspieler – hat dafür gesorgt, dass er nur mit Inhaftierten, die nichts mit Fußball am Hut haben, duschen geht. Seine Tischnachbarn und Zellengenossen stellen tatsächlich keine Gefahr dar, denn Auas favorisierte Sportart ist Ultimate Fighting – Fußball ist für ihn ähnlich aufregend wie für andere Leute Schach im Fernsehen. Ehe, der Heiratsschwindler, sympathisiert mit Poker, da er dies als ein angemessenes Training zur Verbesserung seiner Täuschungsmanöver hält, und Finger ist ein Handballfan, der fortlaufend dem Gegner die Bälle geklaut hat, deswegen als Wiederholungstäter gilt und den Ruf des Kleptomanen nicht mehr los wird. Keiner hat laut Statistik mehr Steals durchgeführt. Gern hätte Lui Finger erklärt, dass er alsbald die Zunft der Handballer unterstützen wird, doch es liegt in den Händen des internationalen Verbandes, die bereits vereinbarte Zusammenarbeit bekannt zu geben. Das Konzept des Verbandes hat Lui überzeugt. Die Strukturen der Organisation sind praktisch kongruent mit vergleichbaren Organisationen wie dem internationalen Fußballverband, der Mafia oder dem Institut für Organspendenverteilung, weshalb der Schnitzelproduzent zukünftig als Sponsor in eine weitere Sportart eindringt. Kurz vor Antritt seiner Haftstrafe hat er die entsprechenden Verträge signiert.

Die schlimmste Nachricht des ersten Tages in Haft ereilt ihn am Abend im Fernsehraum. Wie selbstverständlich erwartet er, dass die Übertragung des Pokalspiels eingeschaltet wird, doch die Mehrheit der Anwesenden möchte lieber 'In der Unterhose wird gejodelt' sehen. Tapfer hält Lui die Tränen zurück. Später, in der Zelle, sagt Aua zu ihm: „Du bist so still. Wahrscheinlich wolltest du das Spiel sehen."

„Ja, stimmt. Ich vermisse einfach den Fußball. Und mir fehlt jemand, mit dem ich darüber reden kann."

„Na ja, vielleicht kann ich dieser jemand für dich sein."

Mit echter Hoffnung richtet sich Lui auf der Pritsche auf: „Wirklich?"

„Aber ja. Ich habe zum Beispiel immer noch die Szene vor Augen, als irgendwann in den 70ern so ein Typ in einem total wichtigen Finale den Ball meterweit über das Tor schießt – beim Elfmeter. Kannst du dir das vorstellen? So was Blindes. Wie sich der Tünnes wohl gefühlt hat? Ganz Europa, vielleicht die ganze Welt sieht ihm zu, und das Nervenwrack holt mit seinem Schuss fast ein Flugzeug vom Himmel. Was für ein blinder Hund!"

In jeder Minute
einsatz- und dienstbereit ist Großwahn der MVP der Funktionäre. Diese Meinung, momentan ganz exklusiv durch ihn selbst vertreten, rechtfertigt er durch ein Gespräch mit einem Journalisten, der auf dem Flug nach Malle zufällig neben ihm sitzt. Kaum jemand ist besser geeignet, die Botschaft des Funktionärs – in kompletter Länge: „Der Handball muss raus aus den kleinen Hallen und in die großen Städte" – ins Land zu tragen als dieser Journalist, der für seine Berichterstattung schon das eine oder andere Mal prämiert worden ist. Neben dem Trostpreis der Journalistengewerkschaft für unbeachtete Berichterstattung hat er auch den von einer unabhängigen Jury vergebenen ersten Platz in der Kategorie 'Zeitgeschehen – nicht verstehen' sowie einen der vorderen Plätze bei 'Da bin ich schon Reporter – und find nicht die rechten Worter' erreicht.

„Eine glückliche Fügung, finden Sie nicht?", eröffnet der Funktionär das Gespräch.

Die Journalistenstirn runzelt sich: „Tut mir leid, aber ich teile Ihre Neigungen nicht."

„Was? Äh ... nein, nicht doch. Ich meine doch die Tatsache, dass wir uns auf diesem Flug in aller Ruhe austauschen können. Das ist doch eine Win-win-Situation. Der beste Journalist des Landes und ein Funktionär, für den – bei aller Bescheidenheit – Ähnliches gilt."

Der Journalist nimmt das Ende des Schales, der noch immer den Hals des Funktionärs schmückt, nachdenklich in die Finger und nickt schließlich: „Ich habe Sie zunächst nicht erkannt. Vermutlich wegen Ihrer geschickten Tarnung. In der Tat gibt es ein Thema, das ich bei dieser Gelegenheit gern mit

einem solchen Fachmann diskutieren möchte. Natürlich geht es dabei um einen Ausblick, die Perspektive, das Morgen."
Großwahn nimmt aufrechte Haltung in seinen Sitz an. Er mag es, wenn Menschen angesichts einer unverhofften Chance entschlossen agieren. Er hat ein gutes Gefühl, denn wie er selbst ist der Journalist ein nach vorne denkender Mensch, zukunftsorientiert. 'Das wird ein angenehmer Flug', denkt er und hört: „Was, glauben Sie also, werden die nächsten Neuerungen und Meilensteine in der Proktologie sein?"

Schon seit einiger Zeit
schwelgt Braumann, der Geschäftsführer des Vereins mit dem geliehenen Wappen und der akuten Unterfinanzierung, in seligen Erinnerungen. Früher hat er als Vorstandmitglied bei einem namhaften Aquavithersteller gearbeitet, nun trinkt er ihn vornehmlich. Das Zeug schmeckt ihm immer noch nicht, aber es hilft bei der Distanzierung von akuten Problemen im Job und dient somit seiner Entspannung. Zu ihm gesellt sich ein Nordeuropäer, der in fremden Zungen spricht: „Hicks!"
„Yo, alter Schwede. Hast du eigentlich noch Kontakte in die Geklautschmuckbranche?"
„Hicks!"
Braumann nickt verständnisvoll, gießt sein Pinnecken voll und schiebt es, vom kameradschaftlichen Geist erfüllt und die Flasche zum Mund führend, zum Skandinavier herüber: „Prost! Oder: Skål, oder wie sagt man bei euch?"
„Hicks!"
Der alte, aus Dänemark stammende und sich selbst für einen Norweger haltende Schwede verliert vorübergehend das Bewusstsein. In seinem Fall ist das nicht besonders schlimm,

denn nach dem Erwachen wird er trotzdem Erinnerungen an Ereignisse und Gespräche aus dieser Zeit haben. Für dieses Talent sind dem Nordmann schon immer von allen Seiten Bewunderung und Respekt entgegengebracht worden.

Braumann sieht, wie auf einem silbernen Tablett Aufputschzäpfchen herumgereicht werden. iduR weiß eben, wie man seinen Gästen einen angenehmen Aufenthalt bereiten kann. Der alte Haudegen ist ein ebenso cleverer und instinktsicherer Geschäftsmann wie ein kultivierter und generöser Gastgeber. Der Unternehmer macht eine einfache Rechnung auf: Wer jetzt Aufputschzäpfchen nimmt, um den Partymarathon auf Malle durchstehen zu können, ist früher oder später potenzieller Käufer der ebenfalls in seinem Unternehmen hergestellten Beruhigungszäpfchen. Ein idiotensicheres Konzept mit der gleichen Funktionsweise wie Nikotin und Alkohol – das eine verengt, das andere erweitert Blutgefäße. Zu dem Themenkomplex Moral/Ethik sei an dieser Stelle nur das Originalzitat aus der Produktkonferenz in seiner Firma wiedergegeben, mit dem eine engagierte, pro und kontra sensibel miteinander abwägende und in Bezug auf gesellschaftliche Auswirkungen höchst verantwortungsvolle Diskussion von iduR selbst weltmännisch beendet wurde: „What the fuck ... who cares?"

Noch erfolgversprechender ist jedoch eine weitere geplante Produktdiversifikation, nämlich das Haschzäpfchen. Die Zeit dafür ist reif, spürt iduR. Eine Produkteinführung, die nicht nur den Markt, sondern auch unmittelbarer als je zuvor den Anwender, den Konsumenten, berührt und ihren Namen verdient. Aber Brüssel und Berlin sind noch nicht so weit, das zu begreifen. Nach wie vor ist man dort mehr mit den eigenen

Ausscheidungen als mit wegweisenden Entscheidungen beschäftigt. Steter Tropfen höhlt den Stein, sagt der Volksmund, dieser alte, nicht zum Schweigen zu bringende Klugscheißer. Für den steten Tropfen haben die Lobbyisten zu sorgen, die fester Bestandteil der Marketingaktivitäten eines jeden marktwirtschaftlich arbeitenden Unternehmens sind. Welcher Darm kann die Aufgabe, den Arsch am Kacken zu halten, schon ohne Parasiten erledigen? iduR sieht auf seine Armbanduhr, das ein paar Jahre alte Geschenk des sich allmählich mühsam wieder aufrappelnden DänenSchwedenNorwegers. Die Parasiten müssten jede Minute eintreffen.

Wie im Flug
vergeht die Zeit an Bord der Maschine nach Palma de Mallorca. Nach der Landung ist es Zeit für den weltbesten Funktionär, sich von seinem Sitznachbarn zu verabschieden: „Herrgott, wenn ich es Ihnen doch sage: Ich bin nicht der Sprecher der europäischen Proktologenvereinigung."
Der Vorsitzende findet zügig seinen Koffer und kurz darauf einen Mann, der ein Schild mit der Aufschrift „iduR" in die Höhe hält. Er versucht sich an einer Begrüßung und einer kurzen Vorstellung seiner Wenigkeit auf Spanisch, doch der Mann schüttelt den Kopf: „Ich verstehe kein Wort."
„Oh, Sie sprechen deutsch. Fein. Warten wir noch auf jemanden?"
„Wer sind Sie denn?"
Immer wieder gibt diese Frage dem Funktionärsherzen einen Stich. Der Handball muss in die großen Städte und bekannter werden, keine Frage.
„Mein Name ist Großwahn. Hein Großwahn."

Der Funktionär betrachtet den deutschsprachigen Reiseführer etwas näher, während dieser in einer Liste nach dem Namen sucht. Irgendwie kommt ihm der Mann bekannt vor. Die Welt ist klein, ja, aber erkennt man jemanden zufällig wieder, den man weiß-der-Kuckuck-wo nur flüchtig gesehen oder mit dem man nur für die Dauer eines Brötcheneinkaufs zu tun gehabt hat? Großwahn, der immer noch Schwierigkeiten hat, sich den Namen seiner aktuellen Ehefrau zu merken, glaubt das nicht.

„Sie kommen mir bekannt vor", bilanziert er das Ergebnis seiner Überlegungen.

„Vielleicht aus dem Fernsehen. Mein Vater ist Präsident von einem mediengeilen Kunstprodukt, das sich als Profiverein getarnt hat, aber das wissen Sie ja vermutlich. Die Kameras suchen ihn ja häufig, da es über den Verein sonst nix zu sagen gibt. Da ich von Beruf Sohn bin und auch nie was anderes gelernt habe, weiche ich ihm nicht von der Seite. Ergo bin auch ich ziemlich oft im Bild."

„Ja, aber dann kennen Sie mich doch!"

„Ja, ich habe Sie mittlerweile erkannt. Sie sind der Vorsitzenden der Proktologen-Vereinigung und Papis Geschäftsfreund. Ich habe verstanden, dass Sie inkognito reisen wollen. Gute Idee mit der Verkleidung als Fan vom Verein. Habe sonst noch nie jemanden dieses Zeugs tragen sehen."

„Mein Gott, nein! Schauen Sie bitte noch einmal nach. Ich bin Großwahn. DER Großwahn. Sicher bin ich auf der Liste. Eine solche Feier in der Finca Ihres Vaters ohne mich? Ich bitte Sie, das ist doch ausgeschlossen!"

Der Funktionär versucht, sich seine Pikiertheit nicht anmerken zu lassen und bewahrt mühsam seine Geduld. Der Berufssohn entschuldigt sich und geht um die Ecke, um Papi anzurufen.

„Was?", meldet sich dieser.

„Oh Vater iduR, ich bin mir nicht sicher, aber ich glaube, der Chef-Proktologe ist angekommen. Er nennt allerdings nicht seinen echten Namen. Nennt sich Großwahn, oder so."

„Ha, das passt zu dem Typen. Wahrscheinlich wieder inkognito unterwegs, damit seine Alte nichts mitbekommt von seiner Reise. Hat ihr wahrscheinlich erzählt, dass er zum Entschlacken in den Harz fährt. Na ja, nicht mein Problem."

„Also soll ich ihn mitbringen?"

„Natürlich. Der ist wichtig für das Geschäft. Lass den bloß nicht da stehen, sonst such ich mir einen anderen Berufssohn."

Dann ist die Leitung unterbrochen. Irgendwie hat iduRs Sohn das Ende des Gesprächs verpasst. Gern würde er den Hörer auf die Gabel knallen, aber die modernen Mobiltelefone bringen den Menschen um dieses stilistische Mittel. Gleiches gilt für all die automatischen Schiebe- und Drehtüren, die das Vergnügen des Türen knallen zu etwas werden lassen, dass nur noch die Älteren kennen. Mit diesen etwas nostalgischen Gedanken kehrt Sohnemann zurück zu Großwahn. 'Der hat es gut', denkt der Sohn, denn er wähnt den Besucher in einer Branche, die nicht so sehr dem Wandel der Zeit ausgesetzt ist, da es an Ärschen, was auch immer auf der Welt passiert, niemals mangeln wird.

„Wir warten nur noch auf ein paar Gäste, Herr Großwahn, dann fahren wir los."

Wenn es am Schönsten ist,
soll man gehen. Wie wahr, doch Braumann bleibt noch, als er links und rechts von einem Hula-Hula-Mädchen eingehakt wird, man zur traditionellen mallorquinischen Ballermann-Mucke schunkelt und er das traditionelle Getränk der Einheimischen, einen Eimer Sangria mit Strohhalm, vor sich hat. Schöner wird es ganz bestimmt nicht, als zunächst die eine, dann die andere Tänzerin von ihm geht, doch ist Kummer sein täglicher Wegbegleiter, seit er Geschäftsführer des Strahlkraft-Clubs geworden ist. Damit kommt er zurecht. Auch als sich der Ostseepate neben ihn materialisiert, was optisch nichts anderes als einen Abstieg darstellt, bleibt er tapfer.
„Stimmt es, was man hört? Du warst schon auf dem Weg zum Amtsgericht und hattest den Insolvenzantrag schon in der Hand?"
Braumann seufzt. Der Typ sieht nicht nur schlechter aus als die Hulas, er ist auch noch anstrengender. Verlangt, dass man sich mit ihm beschäftigt, fast wie das Leben selbst. Wie lästig solche Menschen doch sind!
„Wie man es nimmt", sagt Braumann, der seinerzeit das Amtsgericht schlicht nicht gefunden hat. Das Navigationsgerät, welches er ein paar Jahre zuvor gegen seinen Orientierungssinn eingetauscht hatte, war ausgefallen. Als es Zeit für Feierabend war, hatte er in einer Kiez-Spelunke einen Absacker genommen und am nächsten Tag die Sache mit dem Insolvenzvertrag glatt vergessen.
„Glaubst du, der Alte wird es sich noch einmal anders überlegen und den Deckel bezahlen?"
Braumann zuckt die Achseln. iduRs nächste Schritte sind nicht einmal iduR selbst bekannt. Er ist wie der Rückraumschütze,

der zum Torwurf hochsteigt und dessen Wurfbild vom Torwart einfach nicht entschlüsselt werden kann, weil er selbst keine Ahnung hat, wohin er in der nächsten Sekunde werfen wird. Welchen Sinn hat es da zu spekulieren? Braumann ist da ganz anders. Wenn er einen Entschluss gefasst hat, zieht er das Ding konsequent durch. Zielgerichtet sucht er einen gefüllten Kühlschrank mit einer frischen Flasche Aquavit. Auf dem Weg dorthin muss er Krause ausweichen, der gerade eine Trainingseinheit absolviert und einer kichernden Tänzerin hinterher spurtet. Der Bundestrainer wäre sicher zufrieden, würde er das sehen und hätte man einen.

„Schon mal drüber nachgedacht, was aus den Spielern werden würde?"

Braumann schweigt. Ihm liegt die Frage, was aus ihm werden sollte, irgendwie näher, doch damit hat er sich auch noch nicht beschäftigt. Und die Spieler? Tja, unter Umständen müssten sie es mal mit einem richtigen Beruf versuchen. Qualifikationen als Rausschmeißer in der Unterhaltungsgastronomie bringen die Spieler praktisch alle mit, potenzielle Arbeitsplätze gibt es in der Stadt zur Genüge. Taxifahrer, die immer frische Gäste zuführen, könnten diesen zuarbeiten, fast so, wie Passgeber und Vollstrecker bisher auf dem Spielfeld kooperiert haben. Die Allfinanzbranche öffnet ihre gierigen Arme sicher auch für semi- und ganz prominente Namen, und auch Immobiliengeschäfte haben in der Szene durchaus Tradition. Möglichkeiten gibt es genug, doch Braumann hat augenblicklich keine Lust, sich mit Fragen der Zukunft zu beschäftigen. Sein launiger Scherz überrascht den Ostseepaten: „Nimm du doch einfach die Spieler unter Vertrag, die nach dem Zwangsabstieg des Clubs ohne Verein dastehen, und beschaff dir eine Lizenz. So ähnlich hat es mein Club ja damals auch gemacht. Schon bist du in der Bundesliga. Dann leihst du dir von irgendwo gegen Bezahlung ein Wappen. Was auch immer dir zusagt. Oder, wenn du Kinder hast, bittest du diese, dir eins zu kritzeln. So kreativ wie der, dem seinerzeit unser Ding eingefallen ist, werden sie wohl auch sein. Und schon bist du Bundesligist und hast quasi nebenbei auch noch die lästige Frage deiner eigenen Zukunft endlich geregelt."

„Nicht schlecht, Braumann. Ich habe dich unterschätzt. Respekt. Wer weiß, vielleicht habe ich ja genau das vor?"

Der Ostseepate blickt auf der Suche nach dem Schmuckdealer um sich. Er muss ein Auge auf ihn haben, denn noch ist nichts in trockenen Tüchern. 'Zu diesem Zeitpunkt darf kein Wort über das Projekt an unbefugte Ohren gelangen', denkt der Ostseepate, als zwei jammervolle Spieler des Krisenclubs, gekleidet im Bettelmönch-Style, klagend an ihm vorbeigehen und ihre Klingelbeutel schwenken.

„Das ist bitter", wehklagt der mit der Frisur eines Skunks und deutet mit seinem Finger auf den anderen Mann, der gebeugt neben ihm schlurft, das Schicksal beklagt und die Rettung durch eine höhere Macht erfleht.

Der Ostseepate schüttelt den Kopf und glaubt, dass sich über ihrer aller Köpfe ein mächtiger Shitstorm zusammenbraut.

Nach der Fahrt
zur Finca klingelt das Mobiltelefon des Funktionärs, der auf dem Display seines Mobiltelefons eine unbekannte Nummer sieht. Als Nutzer des Internets und Ausübender einer öffentlichen Funktion steht er anonymen Beleidigungen und Dro-

hungen aufgeschlossen gegenüber, also nimmt er den Anruf an: „Yo?"

...

„Was? Wer ist da?"

...

„Was sind Sie? Präsident? Ja, Glückwunsch. Wovon denn?"

...

„Was für 'n Lingen?"

...

„Nie gehört. Kenne ich nicht. Und was spielen Sie?"

...

„Ach, Handball? Na, das ist ja interessant. In welcher Liga denn?"

...

„Was denn, auch Bundesliga? Na, Donnerwetter."

...

„Nein, ich bitte Sie, ich kann doch nicht zu Ihnen nach Dingslingen fahren, um Gottes willen. Wissen Sie, wo ich mein Büro habe?"

...

„Wer behauptet, dass ich auf eine spanische Ferieninsel fliege, um mich für einen bedrohten Großstadtverein einzusetzen? Ich gehe auf eine private Party, das ist ja wohl etwas ganz anderes. Ich habe jetzt auch keine Zeit mehr, mich weiter mit Ihnen zu unterhalten. Meine Empfehlung an die Frau Gemahlin."

...

„Ach, Sie sind nicht verheiratet? Na, das wundert mich nicht, so aufdringlich, wie Sie sind. Auf Wiederhören."

Großwahn möchte die Finca zu betreten, doch eine Hand, groß wie die eines ehemaligen Welthandballers, stoppt ihn: „Du kommst hier nicht rein."

„Ich bin Hein Großwahn."

„Na und?"

Der Türsteher, der im Laufe seiner Karriere schon vor Clubs in Berlin, Mailand, Barcelona und Radevormwald gestanden hat, ist durch Namen nicht zu beeindrucken. Schon gar nicht durch solche, die er zuvor nie gehört hat.

„Hein Großwahn. DER Großwahn."

„Ja, das sehe ich Ihnen an, aber ich kann Sie nur mit einer Einladung passieren lassen, da Sie mir persönlich nicht bekannt sind."

„DER Hein Großwahn steht vor Ihrer Tür, Mann. Überlegen Sie sich, was Sie tun."

Der Journalist, neben dem Hein während des Fluges gesessen hat, geht lässig grüßend am Türsteher vorbei, während der Berufssohn dem Mann am Einlass ins Ohr flüstert: „Der Typ hat recht. Lass ihn durch. Du weißt, in der Zäpfchenfabrik meines Vaters suchen sie immer wieder Probanden für die neuen Zäpfchen. Wenn du einen von Papis wichtigsten Kunden nicht einlässt, nur weil du hier wie alle Türsteher auf der Welt vergeblich deine Minderwertigkeitskomplexe zu kompensieren versuchst, wirst du möglicherweise zu den freiwilligen Zäpfchentestern zwangsversetzt." Großwahn nickt befriedigt, als der Türsteher zügig den Weg freimacht. Sein Name öffnete also doch die Türen.

Ja, und der Handball gehört in die großen Städte.

Na sicher.

Eine lange Nacht
für die einen ist eine kurze Nacht für die anderen. Manche sind schon wieder auf, andere immer noch wach, wieder andere befinden sich irgendwo dazwischen. Bibi Krauses Kondition ist gut – er hat den Partymarathon bislang ohne eine Minute Pause überstanden. Das ist der im Laufe einer Karriere zunehmenden Routine zu verdanken. Am Anfang seiner Zeit als Profi hat er sich oft derart auf dem Feld verausgabt, dass er in den Partynächten irgendwann die Augen vor Müdigkeit einfach schließen musste, doch mittlerweile kann er seine Kräfte besser einteilen. Er macht weniger auf dem Feld, nimmt sich längere Auszeiten und Pausen, um in den wirklich entscheidenden Momenten, in denen es nachts drauf ankommt, fit zu sein. Munter öffnet er eine weitere Flasche Aquavit.

Der DäneSchwedeNorweger rappelt sich langsam auf. Naturbursche wie viele Skandinavier hat er auf die Annehmlichkeiten eines Schlafsacks verzichtet und wikingerhaft dort übernachtet, wo er betrunken und übermüdet kollabiert ist. Als er in den Spiegel sieht, entdeckt er eine Erektion in seinem Gesicht – die Nase ist ein ganzes Stück gewachsen. Das liegt an dem Vertrag, den er gestern unterschrieben hat, und mit dem er sich zu regelmäßigen Zahlungen verpflichtet hat. Die sogenannte Morgennase ist ein vor allem für seine Mitmenschen alarmierendes Phänomen, das sich seit einigen Jahren immer wieder einstellt, wenn er mit großer Ernsthaftigkeit über seine Projekte spricht. Er versucht eilig, sie zu verbergen, doch der Ostseepate hat sie schon bemerkt und wirft ihm einen warnenden Blick zu, während ein anderer Partygast den Auswuchs ebenfalls gesehen hat und lauthals Alarm schlägt: „Der

Skandinavier hat eine lange Nase! Alle prüfen, wer gestern einen Vertrag mit ihm abgeschlossen hat!"
Braumann sucht halbherzig in seinen Taschen nach irgendeinem im Suff unterschriebenen Dokument, findet aber nichts. Erleichterung stellt sich deswegen nicht ein, dafür wären ein paar Kopfschmerztabletten notwendig. Er schreckt zusammen, als aus dem Off eine tiefe Stimme ertönt:
„Ich dachte schon, du hättest aus lauter Verzweiflung mit ihm einen Pakt geschlossen."
Braumann sieht sich um, kann aber keine Spur eines Menschen ausfindig machen. Ist die Stimme eine der durchzechten Nacht geschuldete Einbildung, oder ist es die Kontaktaufnahme Gottes? Wenn ja, wäre das durchaus eine Überraschung, denn Braumann hat länger nicht versucht, sich mit ihm in Verbindung zu setzen.
„Wer bist du? Und, vor allem, wo bist du?"
„Hier unten!"
Braumann sieht herab, aber nicht auf Gott, sondern lediglich auf einen engen Verwandten. Es ist Blop!, der mit seiner geringen Körpergröße ständig Gefahr läuft, von größeren Säugern niedergetrampelt oder verschluckt zu werden. Üblicherweise spricht der neue starke Mann des größten Handball-Verbandes der Welt gern davon, sich trotz permanent verpasster Qualifikationen für verschiedene Turniere mit anderen Nationen auf Augenhöhe zu befinden, doch was heißt das schon angesichts der Tatsache, dass sich seine Augen auf der Höhe von Braumanns Knien befinden? Man kann es allerdings auch so betrachten, dass Blop! auf jeden Fall der richtige Mann zur richtigen Zeit ist, denn als körperlicher Zwerg verkörpert er perfekt die momentane sportliche Bedeutung

des von ihm repräsentierten Verbandes und ist somit die ideale Besetzung für das Amt des Vizepräsidenten.

„Blop!! Mensch, dich habe ich hier ja noch gar nicht gesehen. Na ja, ich gucke ja nicht ständig auf den Boden wie ein gebrochener Mann."

Was eigentlich erstaunlich ist angesichts der beruflichen Situation des Mannes. Viele andere würden in einer ähnlichen Situation den Kopf längst unter dem Arm tragen, doch Braumann trägt es weiter mit Fassung und Aquavit. Blop! sagt etwas, doch in dem allmählich wacher und lauter werdenden Fincamilieu kann die Stimme von dort unten nicht an Braumanns Ohr gelangen, weshalb er Blop! auf den Arm nimmt.

„So sieht die Welt von oben aus, Blop!. Mann, du bist ja echt nicht größer als die Moderateuse aus dem Fernsehen, die sie immer auf die Kiste stellen, wenn sie Interviews mit den Spielern führt. Da fällt mir ein, hast du eigentlich schon einen neuen Bundestrainer?"

„Kümmer dich um deinen eigenen Kram und lass mich runter."

„Ach, ich finde es ganz hübsch, mal selbst die Fragen zu stellen."

Blop! ruft um Hilfe, die sich in Person Großwahns nähert. Gerührt, fast schon ergriffen, klatscht er in die Hände. „Der von mir angeregte Schulterschluss zwischen Verein, Verband und Liga! Welch Freude! Nehmt mich in die Mitte, Freunde, damit das Bild komplett wird! Wo ist die freie Presse? Ich bin bereit, ihr den entsprechenden Artikel zu diktieren."

Die freie Presse, vertreten durch den Journalisten, der den Hinflug zur Insel in Großwahns Gesellschaft erlitten hat, tut gern diesen Gefallen. Was man als Pressemitteilung oder Zitat frei Haus geliefert bekommt, muss man sich nicht mühsam selbst ausdenken. Und weil der Preisträger gerade so gut in Form ist, tippt er auch schon einen Artikel für den Fall des endgültigen Lizenzentzuges des Großstadtvereins. Ebenso fertig geschrieben wird einer für den Fall der nachträglichen Lizenzerteilung, sollte sich doch noch jemand finden, der das Millionenloch stopft. Damit beweist der Journalist nur, seiner Zeit voraus zu sein, denn bereits satte 14 Tage vor der endgültigen Entscheidung über das Gnadengesuch hat er die wörtlichen Zitate der involvierten Personen bereits eingebaut. Das stellt zweifellos eine bemerkenswerte journalistische Leistung dar.

Nach einer kurzen Nacht
mit wenig Schlaf leidet Lui an heftigen Rückenschmerzen, hervorgerufen durch mangelnden Liegekomfort. „Ist ja wie im Knast hier", flucht der Mann mit der Heiligenscheinfrisur und macht seine Pritsche. Er schaltet sein Handy ein, welches er trotz eines Verbotes bei sich hat, doch verhaften werden sie ihn deswegen wohl nicht. Er findet etwa ein Dutzend Textnachrichten vor, darunter eine seiner liebenden Ehefrau: 'Endlich mal eine Nacht ohne Schnarchen – ich hoffe, du hast auch gut geschlafen.' Die meisten anderen sind von einem flüchtigen Bekannten. Er hat den Funktionär, der ihn vor einiger Zeit dazu überreden wollte, Handball in der süddeutschen Großstadt heimisch zu machen, längst wieder vergessen. Was hat der Typ damals geheult, als er ihm einen Korb gegeben hat. 'Freunde stehen einander bei in der Not', schreibt er nun und schickt überflüssigerweise auch noch ein Foto von sich

selbst mit. Der inhaftierte Manager ist der Meinung, dass die moderne Technik die Möglichkeit Bilder zu verschicken nicht entwickelt hat, damit Typen mit dem verkniffenen Gesichtsausdruck eines Proktologen Aufnahmen von sich selbst versenden können. Die zweite Nachricht des Typen ist nebulös – 'Das könntest du auch so haben' – und enthält ein Selfie, das den Stalker in den Fanutensilien eines norddeutschen Vereins, der dem Vernehmen nach in finanzielle Schieflage geraten ist, zeigt. 'Ich würde so etwas ja nicht anziehen', denkt Lui und löscht Bild samt Nachricht. Die weiteren Nachrichten des Stalkers sind ebenso schnell gelöscht – 'Du kannst hier mitmachen' oder 'Wir warten auf dich' –, als ihm noch eine Nachricht eines anderen Absenders auffällt: 'Ich bin ein Geschäftsführer mit akutem Geldbedarf und Sie ein gelangweilter Inhaftierter, sicherlich mit unentdecktem Schwarzgeld, das dringend legalisiert werden sollte. Falls Sie Interesse haben, dieses Geld in den Kreislauf der Legalität einzubringen, sind Sie der Fisch und ich bin das Fahrrad. Wir sollten uns kennenlernen, um gemeinsam das auf dem Kopf stehende Fragezeichen zu retten. Sie als Retter – ist das nicht die Presse, die Sie sich wünschen? Bitte antworten Sie mir schnell, denn in circa zwei Stunden bin ich bis zur Besinnungslosigkeit betrunken.'
Lui seufzt. Es stimmt schon, etwas positive Presse würde seinem Renommee nicht schaden. Außerdem, wenn er etwas Gutes vollbringen würde, könnte sich das vielleicht günstig auf eine etwaige frühzeitige Entlassung auswirken, doch die Rettung dieses Vereins würde gesamtgesellschaftlich betrachtet kaum als Verdienst betrachtet werden können, sondern eher als Akt der Belästigung gewertet werden müssen. Er will gerade auf die Homepage von ‚Schöner einsitzen', einem

Ratgeber für Inhaftierte, gehen, als er eine weitere SMS von dem Stalker erhält. 'Hier ist es ja stressiger als draußen', seufzt Lui. Und denkt über Gegenmaßnahmen nach.

Zwischen zwei Getränken
spricht Großwahn auf iduR mit den bekannten Argumenten ein. Es ist iduRs Finca, es ist seine Feier und es ist seine Aufgabe, den Verein zu retten: „Großstadtprojekte! Die Stadt ist wichtig für die Liga. Die Liga ist wichtig für die Stadt. Das eine bedingt das andere, und umgekehrt sowieso. iduR, mach es noch einmal! Wir sind Handball! Wir sind das Volk! Das Volk will Handball in dieser Stadt!"
iduR gähnt und winkt ab. Es hat seine Gründe, warum er diesen Vogel nicht eingeladen hat. Durch eine Lücke im Sicherheitskonzept hat er trotzdem in die Finca eindringen können. iduR kümmert sich in Gedanken schon darum, wie unerwünschte Besucher in Zukunft wirksam ferngehalten werden können, als Braumann kopfschüttelnd Großwahn ansieht. Zu viel Gerede, damit geht man iduR, der ausschließlich sich selbst gern zuhört, nur auf die Nerven, doch auch er beschließt aus dem Moment heraus noch einmal das Gespräch mit iduR zu suchen: „Und?"
iduR zuckt mit den Achseln. Damit ist alles zwischen den Männern gesagt, auch wenn die Dauer des Gespräches – in der Vergangenheit hatten nicht alle Diskussionen über die Lage des Vereins so lange wie diese Unterhaltung gedauert – Beobachtern als ein Anzeichen für ein Umdenken iduRs erscheinen könnte. Die tatsächlichen Beobachter aber haben entweder nichts antizipiert oder nichts mitbekommen – Blop! ist zu klein und konnte vom Boden iduRs Antwort (das Achsel-

zucken; Anmerkung des Verfassers) nicht sehen. Bibi Krause kommt von links ins Bild, im Arm eine der Tänzerinnen aus der Karibik, und verkündet ungefragt sein Glück: „Wir fliegen in Urlaub. Im Januar, in die Karibik. Macht auch irgendwie mehr Sinn als in einer Sporthalle mit einen Ball zu werfen, nur damit man am Ende einen Weltmeister hat. Findet ihr nicht auch?"

Blop!, mittlerweile auf einem Tisch stehend, schüttelt den Kopf, um Bibi non-verbal eine Nachricht zukommen zu lassen. Nun ist es zwar bekanntermaßen so, das Bibi Krauses Absichtserklärungen, ähnlich wie Politikeraussagen, blicherweise nichts mit der sich anschließenden Realität zu tun haben, doch Blop! will sich nichts vorwerfen lassen. Zwar hat man noch keinen Bundestrainer für den Januar, doch Blop! weiß längst, dass man trotz sportlich nicht erfolgter Qualifikation sehr wohl an der nächsten Weltmeisterschaft im arabischen Wüstensand teilnehmen wird. Der Öffentlichkeit ist diese wundersame … wunderbare Neuigkeit noch nicht mitgeteilt worden, da man beim Verband noch daran arbeitet, eine Begründung zusammenzukriegen. Wie erklärt man der Welt möglichst einleuchtend und ohne Rückfragen aufzuwerfen, dass ein sportlich qualifizierter Vertreter auf dem Altar der Sponsoren- und Fernsehgötter geopfert wird, um den Branchenführer mitspielen zu lassen? So was wirft ungebetene Kommentare auf, gerade in einem Land wie Deutschland, wo es immer Kritiker und Nörgler gibt. Manchmal kam einem diese Kleingeistigkeit schon auf den Sack gehen, findet Blop!, doch das ist ein anderes Thema. Hier geht es zunächst um die sportliche Seite, und natürlich wird der neue Bundestrainer, wie auch immer er heißen wird, mit den besten Spielern an diesem Turnier teilnehmen wollen.

'Hm', denkt Blop!, 'das ist ja alles Quatsch. Wenn wir von den besten Spielern reden, reden wir doch nicht von Bibi Krause, oder? Habe schon nicht verstanden, warum der alte Bundestrainer … na ja, wir haben ihn ja nicht umsonst auf den Mond geschickt, wo er gucken kann, ob die dort nicht einen Job für ihn haben … aber vielleicht kommt ja der neue Bundestrainer ja auch auf die bekloppte Idee, es mit ihm da zu versuchen … '

„Wieso, habe ich im Januar etwa keine Zeit, um mit meiner Freundin in Urlaub zu fliegen?"

Blop!s Gedanken bringen eine Eingebung mit sich: „Doch, Bibi, hast du. Deine Nationalmannschaftskarriere ist definitiv beendet. Der neue Bundestrainer plant nicht mehr mit dir."

„Was? Wir haben einen neuen Bundestrainer?"

Nicht nur Bibi ist verblüfft. Auch Großwahn macht große Augen, sogar iduR hebt eine Augenbraue. Blop! schiebt eine Hand zwischen Brust und Bauchnabel in sein Hemd. „Jawohl, meine Herren. Zum Wohle des Verbandes werde ich das Amt übernehmen und uns alle in die Zukunft führen. Schon bei unserem ersten Freundschaftsspiel auf Elba werde ich debütieren."

Durch diese Personalie ist die Auswahl des heimischen Verbandes die erste, die während des Spiels nicht von einer Trainerbank, sondern von einem Hochsitz aus gecoacht wird. Dieses Bild stellt den viel beschworenen Neuanfang und Aufbruch in eine andere Zeit natürlich vortrefflich dar.

Im letzten Moment
die von allen gewünschte Rettung des Großstadtclubs einzuleiten und dafür gefeiert zu werden – ja, das wäre ganz nach dem Geschmack Großwahns, doch Lui zaudert weiterhin mit seiner Zusage. Der Funktionär hat auf dieses Pferd gesetzt und behält seinen unangebrachten Zweckoptimismus bei. Der Mann braucht gute Presse, um seinen Ruf aufzupolieren, ist sportbegeistert, doch noch wichtiger ist, dass er Geld hat – einiges von diesem womöglich sogar auf legale Art und Weise verdient, doch mit solchen Aussagen sollte man vorsichtig sein. Am Wichtigsten jedoch ist, dass er im Knast Langeweile hat und deswegen anfällig für Ideen ist, die er sich ansonsten nicht einmal anhören würde. Das Smartphone des Funktionärs kündigt eine eingehende Nachricht an. Großwahn zeigt sein schönstes Selfie-Lächeln, als er Lui als Absender ausmacht. Seine erwartungsfrohen Augen lesen sogleich: 'Jetzt weiß ich wieder, wer du bist. Lass mich bloß in Ruhe. Meine Investitionen im Handball tätige ich ohne dich. Schönen Gruß von iduR, der mein Geld übrigens nicht braucht.'
Großwahn sucht iduR, findet aber nur Braumann, der gerade eine Flasche Genever auf der Nase balanciert.
„Verdammt", herrscht er den Geschäftsführer des Großstadtvereins an, „ich versuche deinen Club zu retten. Und was machst du?"
„Gleiches, aber jeder tut es auf seine Weise."
Bibi Krause spendet spontanen Beifall, denn Braumann lässt die Flasche trotz des lästigen Gespräches nicht fallen.
„Was tust du denn?"
„Den wichtigsten Mann bei Laune halten."

In der Tat scheint iduR amüsiert und beeindruckt zu sein. Er klatscht begeistert in die Hände und grölt lauter, als es beim letzten Titelgewinn seiner Mannschaft der Fall war. In einem seltenen Anfall von Selbstkritik fragt sich Großwahn, ob das, was er hier macht, zielführend ist, doch schnell ist er wieder im Machermodus, krempelt die Ärmel auf und setzt sich an iduRs Seite: „Oh iduR unser, höre mich an ..."

„Du nervst, Großwahn. Nicht nur mich, auch meinen Kumpel Lui. Der hat mich gebeten, dir einen Denkzettel zu verpassen. Der sitzt im Gefängnis, aber du hast es geschafft, ihn richtig auf die Palme zu bringen. Das ist schon 'ne stramme Leistung, Glückwunsch. Wenn du nur in irgendwas anderem so gut wärst wie im Nerven."

iduR schnippt einmal mit den Fingern, und Sekunden später stehen sein Sohn und ein Mann fürs Grobe parat. „Schafft ihn weg. Ich will ihn nicht mehr sehen."

„Sollen wir die Fische mit ihm füttern?"

„Nein, die sind dick genug. Er soll sich nützlich machen und der Forschung dienen."

Nach dem Gnadengesuch

ist die Verwirrung komplett. Der Versuch, den Zwangsabstieg zu vermeiden, war tatsächlich erfolgreich. Niemand hat damit gerechnet, doch nun steht es fest: In der neuen Saison, die formell schon vor zwei Tagen begonnen hat (das Schiedsgericht konnte sein Urteil nicht rechtzeitig in der abgelaufenen Spielzeit verkünden, da der Vorsitzende nach seinem Mallorca-Urlaub noch nicht wieder ausgenüchtert war), bleibt der Großstadtverein der höchsten deutschen Spielklasse nicht erspa ... bleibt er ihr erhalten. Im letzten Moment entschied sich iduR, den Verein doch noch zu retten, nachdem er im Knobeln gegen seinen Sohn verloren hatte. Im Falle eines Sieges seines Vaters hätte der Berufssohn einen Friseur besuchen und eine eigenständige Karriere unabhängig von Vater iduR starten müssen, doch dieses Schicksal bleibt ihm zunächst erspart. Vier Minuten vor Ablauf der Frist trat er mit einem von iduR unterschriebenen Zettel vor die Kommission, die über das Gnadengesuch zu entscheiden hatte, und sagte: „Ich habe hier einen gerichtsfesten Zettel vom Patron. Er übernimmt alle offenen Deckel."

Der Präsident von Dingslingen spricht von einem Skandal und Rechtsmitteln, die eingelegt werden müssen. Da er ein von iduR angebotenes Beruhigungszäpfchen ablehnt (das neuartige Zäpfchen ist noch nicht offiziell zugelassen, hat aber in einer groß angelegten Testreihe, die Hein Großwahn in iduRs Labor durchgeführt hat, beeindruckende Resultate bewirkt), sichert ihm die Ligavertretung mit einem tief entspannten Großwahn an der Spitze kurzerhand ebenfalls einen Startplatz in der ersten Liga zu. Damit es weiterhin eine gerade Anzahl an Teilnehmern gibt, wird ein weiterer Startplatz unter allen Vereinen in Deutschland ausgelost. Einzige Bedingung: Die Heimspiele des Vereins müssen in einer Großstadt ausgetragen werden, da der Handball ja bekanntermaßen dorthin gehört.

Da einige Spieler fluchtartig das für den Moment nicht sinkende Schiff verlassen, weil sie der Seetüchtigkeit auf dem Leck geschlagenen Seelenverkäufer nicht trauen, braucht der Club neue Spieler, die möglichst günstig sein sollen. Der findige Geschäftsführer Braumann, dessen Ablösung gewohnheitsgemäß sicher in Kürze erfolgen wird, veranstaltet daher mehrere Castings unter dem Motto 'Deutschland sucht den Niedriglöhner'. Die vier Bestplatzierten werden mit einem Profivertrag bei Braumanns Club honoriert ... na, sagen wir: ausgestattet. Die monatliche Vergütung für die neuen Spieler entspricht der Bezahlung, die sie bei Bauer Horst im Süden von Torfmoorholm für einen Monat Kühe melken erhalten würden. Man meint es für den Moment ziemlich ernst mit dem Sparen.

Der internationale Handballverband stellt fast zeitgleich einen Großsponsor für die nächste Weltmeisterschaft vor und beschreitet damit marketingtechnisch neue Wege. Lui, Chef des neuen Partners der Welthandballföderation, kann leider nicht persönlich an der Präsentation der neuen Partnerschaft teilnehmen, sendet jedoch eine Grußbotschaft von seinem momentanem Aufenthaltsort: 'Leider kann ich nicht persönlich vor Ort sein, da ich derzeit ... äh ... unabkömmlich bin. Es entspricht übrigens nicht der Wahrheit, dass ich derzeit erkrankt bin, weil ich zu viel von meinen eigenen Produkten verzehrt habe und deswegen unter Magenproblemen leide. Das ist Unsinn. Luis feinstes Kalbsschnitzel ist gut für die Verdauung. Etwas anderes zu behaupten, ist eine Schweinerei. Für Schweinereien aber habe ich nichts übrig, deswegen kann ich ja auch ein Event in einem arabischen Land wie die nächste Handball-WM gut unterstützen, nicht wahr? Hehehe.'

Rein zufällig als neuer Erstligist ausgelost wird der neue Verein des Ostseepaten, der eine brachliegende Lizenz aus der 2. Liga übernommen und zur Gründung eines neuen Vereins verwendet hat. Die Finanzierung ist sichergestellt durch die großzügige Unterstützung eines dänischnorwegischschwedischen Geschäftsmannes, dessen Umtriebigkeit es geradezu verbietet, hier noch einer bestimmten Branche zugerechnet zu werden. Der Mann ist einfach ein Allrounder und sorgt nur mit seiner immer länger werdenden Nase für Aufregung, als er während einer Pressekonferenz erklärt, mit diesem Verein in 3 bis 5 Jahren in der europäischen Königsklasse zu triumphieren. Beheimatet ist der neue Klub in der größten Stadt Ostwestfalens, worauf die Reaktionen unterschiedlich ausfallen. Der Funktionär der Funktionäre Großwahn sagt: „Das ist toll, Handball gehört ja in die großen Städte, und damit zieht er in eine weitere ein. Aber warum hat mir keiner vorher was davon gesagt?" Es gibt jedoch auch andere Reaktionen, die von „Das ist doch keine Großstadt" bis zu „Das gibt es doch gar nicht" reichen. Auch ein ehemaliger Nationalspieler meldet sich zu Wort: „Doch, das gibt es wirklich, da war ich schon mal. Ich weiß aber nicht mehr, was ich da wollte."

Die Nationalmannschaft darf nun doch an der nächsten Weltmeisterschaft teilnehmen. Blop! hat die ehrenvolle Nachricht erhalten und darf an die heimische Handballwelt weitergeben, dass nach einer Volksabstimmung auf den Cookinseln, bei der sich die Bevölkerung mehrheitlich gegen die Teilnahme bei der kommenden Weltmeisterschaft ausgesprochen habe, der internationale Verband voller Bedauern dem Wunsch des ozeanischen Vertreters entsprochen und diesen vom Turnier im Januar wieder ausgeladen hat. Es mangelt Blop! nicht an Demut und Bescheidenheit, als er dankbar verkündet: „Wir sind wieder da! Wir können ohne die Welt, aber die Welt kann nicht ohne uns! Wir sind die Größten – ihr seht es an mir!"

Die inländische Handballgemeinschaft reagiert unterschiedlich auf diese allenthalben unerwartete Nachricht. Alle Spieler freuen sich über die unverhoffte Chance, wenn man mal von Bibi Krause absieht, der aber darauf hoffen darf, nicht nominiert zu werden. Markant ist die Reaktion eines ehemaligen Weltklassehandballers, der das baldige Erscheinen seines ersten Buches mit dem Arbeitstitel 'Der Handball schafft sich ab' ankündigt. Ein großes Kapitel wird in diesem Buch der umstrittenen Volksbefragung über Handball auf den Cookinseln eingeräumt, die es, etwa so wie die Mondlandung der Amerikaner, gar nicht gegeben haben soll. Ein gefundenes Fressen nicht nur für Verschwörungstheoretiker. Wer sollte besser dafür geeignet sein, dieses Buch zu schreiben, als einer der von sich behauptet, schon mal in Bielefeld gewesen zu sein?

Aus der vielleicht doch noch entstehenden Serie

ENTHÜLLTE JOURNALISTEN DECKEN AUF:

Wo die Bälle trudeln 2015

(K)einer geht noch, (k)einer geht noch rein

Rückwirkend
betrachtet erweist sich die vergangene Saison als das Letzte. Vor der Spielzeit hatte der Verein wochenlang herumgeeiert, bis sie endlich das von Fans, Medien und Öffentlichkeit dringend benötigte Saisonziel formuliert hatten. All diese Gruppen sind offenbar unfähig, ohne eine solche Vorgabe leben zu können. Coldy könnte das ohne Weiteres, doch weil er seine Umwelt nicht weiter überfordern und vor allem ein Ende dieser Diskussion haben wollte, hatte er sich breitschlagen lassen und bei der Suche nach einem Saisonziel mitgemacht. Am Ende waren dann alle im Verein ganz schlau und gaben anstelle eines Tabellenplatzes eine Punktzahl vor, damit Erfolg oder Misserfolg nicht an einem Platz weiter oben oder unten gemessen werden konnte. Geradezu genial, diese Idee, und nach anfänglichen sportlichen Schwierigkeiten und gewissen friktionellen Verlusten wie dem des Richtung Mond geschossenen Trainers erreichte man tatsächlich die ermittelte Punktzahl. Saisonziel erreicht – wunderbar, wenn das mal kein Grund zum Feiern ist. Welcher Verein kann schon von sich behaupten, die vor Saisonbeginn artikulierten Ziele vollständig, zu 100 Prozent, erreicht zu haben? Vielleicht der Meister, doch echte Feierstimmung will bei Coldy dennoch nicht aufkommen, denn man hat unsauber gerechnet. Die erlangten Punkte reichen nur zum Abstieg in die zweite Liga. Jetzt rächt es sich bitter, auf den guten alten Rechenschieber verzichtet zu haben, denn heutzutage beherrscht kaum noch jemand das Kopfrechnen, die Universalexperten in Coldys Verein schon mal gar nicht. Nun hat der Verein die Punkte, die er haben wollte, und steigt damit in die zweite Liga ab.
„O Fortuna!"

Coldy will es nicht wahr haben. Niederlagen dieses Ausmaßes ist er nicht mehr gewohnt, seit er das Amt des Bundestrainers abgelegt hat. An diese dunklen Zeiten aus einem längst vergangenen Jahrtausend erinnert sich zum Glück kaum noch jemand außer Coldy, und auch die letzten noch lebenden Zeitzeugen dieser Schande werden irgendwann das Zeitliche segnen. Vielleicht heilen Coldys alte Wunden dann, aber jetzt hat er akute Schmerzen, die seine chronischen überlagern. Es bleibt nur noch der Weg zum Gericht, um den Absturz in die Zweitklassigkeit zu vermeiden. In ein paar Jahren, je nach Lust und Laune, möchte Coldy seine Karriere als Funktionär beenden. Er möchte dann auf eine nicht allzu dicht besiedelte Insel ziehen, auf der er eine Poststation eröffnen und dann und wann, wenn er Muße verspürt, ein paar Briefe zustellen kann. Vielleicht auch noch die, die damals, während seiner ersten Dienstzeit, liegen geblieben sind. Wenn er aber abdankt, möchte er einen überlebensfähigen Bundesligisten an seinen Nachfolger übergeben, und nicht einen intensiv beatmeten Komapatienten, der in niederen Ligen herumdümpelt.
Apropos Nachfolger. Die Insel, auf der er sich einst niederlassen will, hat Coldy längst gefunden, aber noch keinen Nachfolger im Amt des Allmächtigen bei den Nordostwestfalen. Weit und breit keiner in Sicht. Auch die Jungs vom Arbeitsamt, die Zuhältermethoden einsetzen können, um Leute an die Arbeit zu kriegen, konnten bislang niemanden auftreiben, der sich diesen Job antun will. Verstehen kann Coldy das nicht. Tatsächlich hat er es aus Verzweiflung schon in Erwägung gezogen, mit den Vertretern des – ehemaligen – Ligakonkurrenten im Nachbardorf über eine immer mal wieder von sogenannten vernünftigen Stimmen ins Gespräch ge-

brachte Fusion der beiden Vereine zu sprechen, doch wer will das denn tatsächlich? Nein, letztlich kann Coldy mit dieser Idee ebenso wenig anfangen wie generell mit vernünftigen Stimmen.

Nüchtern
gesehen ist Nachtarbeit gar nicht schlecht, findet Nebenerwerbsrentner Fritz W. und fragt sich, mit welch plausibler Begründung er seiner Ehefrau sonst um drei Uhr morgens immer wieder entkommen könnte. Er klingelt an der massiven Tür einer Oben-und-manchmal-auch-anderswo-ohne-Bar, die das zahlungskräftige schwäbische Klientel von den internationalen Performance-Künstlerinnen trennt. Ein schmaler Schlitz öffnet sich und zeigt die rollenden Augen des Türstehers, der Fritze häufiger Einlass gewährt als den spendabelsten Stammkunden mit der Hyper-VIP-Mitgliedskarte aus Uran, doch daraus kann man dem unternehmungslustigen Pensionär keinen Vorwurf machen. Er führt nur die Aufträge aus, die ihm von der nationalen Anti-Doping-Behörde ‚Follow Me Everywhere' (FME) auf Honorarbasis erteilt werden. Wer will Fritze einen Vorwurf daraus machen, dass er in der Nähe dieses barartigen Betriebes wohnt, in dem des Öfteren ein Spieler aus dem Kreis der Verdächtigen – der Sportler – verweilt?

„Du schon wieder", sagen die rollenden Augen.

„Tja", entgegnet Fritze weltmännisch, als der Hüne ihm die Tür öffnet. Der Türsteher ist ehemaliger Abwehrspezialist eines Handballvereins aus der Nähe, der aus unbekannten Gründen eine Affinität zu Großkatzen vorgaukelt und dessen Hauptsponsor seine Mitarbeiter dazu zwingen soll, abwech-

selnd die Heimspiele der von ihm unterstützten Handball-, Minigolf- und Wasserball-für-Nichtschwimmer-Mannschaften zu besuchen. Hinter dem Türsteher liegt eine bemerkenswerte Karriere im Handball, denn immerhin ist er Nationalspieler geworden ohne jemals den Nachweis erbracht zu haben, unfallfrei einen Ball fangen zu können. Für den Job des Türstehers hingegen ist er geradezu prädestiniert, denn er ist es gewohnt Menschen mit Gewalt daran zu hindern, an ihm vorbei zu kommen. Bei Fritze sind ihm allerdings die Hände gebunden, denn der Rentner arbeitet für den FME. Dieser Verein genießt besondere Rechte und steht unter dem Schutz der Offiziellen und Verbände. Seine Vertreter finden sich ausschließlich an Orten ein, die der Spieler zuvor inklusive Angabe seiner Aufenthaltsdauer mit modernsten Kommunikationsmethoden an die Anti-Doping-Behörde, die nordamerikanische Weltpolizei und an alle anderen Interessierten, die über ausreichend kriminelle Energie oder ungesunde Neugier verfügen, um die pro forma getroffenen Sicherheitsvorkehrungen des Systems zu umgehen, übermittelt hat.
Als ehemaliger Internationaler kennt der Türsteher im Gegensatz zu manch aktuellem Nationalspieler die Regeln zur Dopingkontrolle bestens und weiß, dass jederzeit ein Nebenerwerbsrentner ins Bild springen und eine Urinprobe verlangen kann. Oft genug hat er zu seiner aktiven Zeit selbst ins Röhrchen gemacht. Insgeheim erinnert sich der Abwehrspezialist gern an diese Zeit, denn die Urinproben zählen zu den seltenen Gelegenheiten, bei denen er auch mal getroffen hat.
Fritze geht die Treppe herauf und gelangt in den Barraum der Lokalität, wo er längst einen Stammplatz an der Theke hat. Er kennt die Schicht- und Urlaubspläne der hier arbeitenden

Damen besser als Eff, der Betreiber des Etablissements. Wie sein Türsteher verfügt Eff über ein in der Handballszene bestens bekanntes Gesicht, auch wenn sein Anblick nicht überall ein Lächeln hervorruft. Es ist sicherlich nicht verkehrt, dass er seit einer Weile etwas untergetaucht ist, doch wie man in den gewöhnlich gut informierten Kreisen hört, kann er sich ein Comeback im Handball vorstellen. Fritze ist das alles jedoch völlig einerlei. Er ist zwar Fan, aber mehr an Brüsten als an Handball interessiert. Insbesondere die von Titi beeindrucken Fritze, was er mit Bibi Krause, einem absoluten Vollprofi, der viele seiner Trainingseinheiten in Effs Lokalität verlegt, gemeinsam hat. Bibi Krause ist auch der Grund, warum es den Rentner immer wieder an diese Adresse führt.

Viele Kollegen von Fritze müssen im Rahmen ihrer Arbeit weitaus unerfreulichere Orte – etwa das Haus der Schwiegermutter des Sportlers oder einen nicht gerade nach Rosen duftenden Trainingsraum – aufsuchen als eine zwielichtige Bar, um an ihre wenig appetitlichen Proben zu gelangen. Fritze weiß, dass er mit Bibi großes Glück hat. Deswegen, und damit seine Frau ihm glaubt, lässt er sich bei jedem einzelnen Besuch Krauses Unterschrift auf ein aktuelles Selfie, dass ihn und Bibi Krause zeigt, geben. Der Nationalspieler, der sonst nur von drei- bis zwölfjährigen Mädchen um ein Autogramm gebeten wird, leistet sie jedes Mal gern. Ob diese Geduld aus lauter Freundlichkeit oder aus Bibis dauerhaft beschädigtem Erinnerungsvermögen resultiert, ist für Fritze vollkommen unerheblich. Er freut sich über Bibis elitären Geschmack und ist mit seinem Los zufrieden, als er das Wort an Eff richtet: „Was geht?"

„Sag Du es mir", gibt dieser sich hilfsbereit. „Wofür interessierst Du Dich? Mehrheit an einem Handball-Bundesligisten? Geldwäsche? Schrottimmobilien? Eine Partie Poker im Hinterzimmer?"

Fritze schüttelt den Kopf. Eff wittert immer und überall Geschäfte und knüpft Kontakte, um sein Netzwerk noch weiter auszudehnen. Irgendwann wird er sich in diesem Netz nicht nur verstricken, sondern aufknüpfen, glaubt der Rentner, der einen viel bescheideneren Wunsch hat: „Eine Privatvorstellung von Titi. Oder von Lolo."

„Lolos neue Hupen sind geliefert worden. Sie ist in der Klinik, um sie sich einbauen zu lassen."

Lolo, eine sich aus Marketinggründen als Italienerin ausgebende Bulgarin, ist also erst in ein paar Wochen wieder da, aber dafür lässt sich Nana an der Theke sehen. Natürlich kennt Nana, eine sich aus wirtschaftlichen Überlegungen als Spanierin ausgebende Rumänin, wie alle Mädchen in der Bar Fritze und weiß, dass bei ihm selbst nichts zu holen ist, doch im Laufe der Zeit hat sich zwischen dem Kontrolleur und dem Sportler mit Billigung Effs eine Art Gentlemen's Agreement entwickelt, von der auch die Damen ein wenig profitieren können.

„Wie geht`s Dir?", fragt Nana und reibt ihr schlankes Bein an Fritzes rentnerbeigen Hose.

„Oh Nana", sagt der gestrenge Kontrolleur und schließt für einen Moment die Augen. „Neues Parfüm?"

„Ich habe Schweiß und Tränen aufgelegt, wie immer. Ich habe Durst, Schatzi. Meinst du, du kannst etwas dagegen tun?"

„Kann ich?", fragt Fritze, woraufhin Eff wie einst Marlon Brando als Pate nickt und der Barkeeper die kommende Runde auf Bibi Krauses Deckel bucht.

„Auf Bibi", sagt Fritze und blickt sich anlässlich des Stichworts suchend um. „Apropos, wo ist er eigentlich?"

„Den stören wir heute mal besser nicht. Er und Titi haben heute doch geheiratet. Sie sind in der Präsidentensuite."

Fritze nickt wissend. Jaja, die Titi, eine sich aus unbekannten Gründen als Schwäbin ausgebende Badenerin. In die hat der Bibi sich schwer verguckt, was nur zu verständlich ist, findet der Rentner und überlegt, ob eine Hochzeitsnacht am Arbeitsplatz der Frau romantisch ist. Er trägt gewissenhaft den Vermerk 'missed piss' in seine Unterlagen ein, da Bibi Krause nicht zur Urinabgabe angetroffen werden konnte, und stellt sich vor, wie seine eigene Hochzeitsnacht am Arbeitsplatz seiner Frau, dem Katasteramt Tuttlingen, verlaufen wäre. Im Nachhinein ist er doch froh, dass er mit ihr zur Feier des Ereignisses in das Stundenhotel in Nähe des Stuttgarter Hauptbahnhofes gegangen ist, das nun auch bald unterirdisch angelegt werden soll.

Eff, Freund stilvoller Gesten und smarter Geschäftsmann, befüllt die Gläser aus einer Magnum-Flasche mit goldener Flüssigkeit und dankt dem edlen Spender: „Auf Bibi!"

Realistisch
gesehen hätte man es ahnen können, dass die Harmonie zwischen dem Präsidenten Landwirt und seinem Vize Blop! nicht von allzu langer Dauer sein wird. Zusammen waren sie angetreten, um den größten nationalen Handballverband der Welt aus seinem systemischen Chaos, welches dem in griechischen

Staatshaushalten vorzufindendem nicht unähnlich ist, zu führen und wieder auf Kurs sowie zurück an die sportliche Weltspitze zu bringen. Klar, es war von Anfang an keine Liebesheirat zwischen den beiden Männern gewesen, aber die Welt hat schon Zweckehen gesehen, die das von der Kirche vorgesehene Verfallsdatum, bis dass der Tod euch scheidet, erreicht haben. Schnell wurde jedoch klar, dass es grundlegende Unterschiede zwischen den beiden Persönlichkeiten gibt. Der eine ist ein charmanter Teamplayer, der den Konsens sucht und sich gerne inmitten harmonischer Strukturen in kleinen Schritten bewegt, der andere ist ein permanent leicht quengelig wirkender Einzelkämpfer, dessen Geltungsbedürfnis sich reziprok zu seiner Körpergröße darstellt. Der eine hält Diskussionen für teambildende Maßnahmen und die Gelegenheit, andere Menschen zu überzeugen, der andere hält sie für verschwendete Zeit, da Meinungsvielfalt ohnehin überschätzt wird. Der eine ist ein Menschenfreund, der andere ein Misanthrop. Der eine hat aus dem Rückraum mit Sprungwürfen Tore gemacht, der andere ist seinen Gegenspielern durch die Beine geflitzt. Der eine hat eine gepflegte Frisur auf dem Kopf, der andere kaum noch Haare. Nach Meinung vieler Beobachter birgt gerade dieser letzte Punkt das größte Konfliktpotenzial zwischen den beiden so unterschiedlichen Männern.

Nachdem sie sich schon in vielen Punkten aneinander gerieben haben, steht die Beziehung zwischen den beiden Männern nun vor dem Aus. Bisher haben sie zwar einige Entscheidungen gemeinsam getroffen, doch der Weg dorthin ist stets mühsam gewesen. Beispielhaft hierfür ist die Besetzung der Position des Bundestrainers für die Herren, der nach Blop!s

Rücktritt von diesem Amt – Blop! selbst hatte sich immer nur als Interimslösung auf dieser Position verstanden und nach der knappen und durchaus etwas unglücklichen Niederlage in seinem ersten Spiel auf Elba keine Lust mehr gehabt, sie auch nur einen Tag länger zu bekleiden – dringender denn je gesucht wurde. Es hat allerdings keinen offiziellen Bewerber für diesen Job gegeben, da weder in Deutschland noch im europäischen Ausland jemand verzweifelt und perspektivlos genug gewesen ist, um öffentlich zu bekennen, an dieser Tätigkeit interessiert zu sein. Blop! hatte genügend Material angesammelt, um jeden gewünschten Kandidaten ausreichend unter Druck zu setzen, aber Präsident Landwirt weigerte sich, die von seinem Vize favorisierten Trainer zu erpressen und zu zwingen, den Bundestrainerposten anzunehmen.

„Was spricht dagegen?", verzweifelte Blop! und wedelte in der einen Hand mit der Kopie des Wettscheines eines Trainers, der eine hohe Summe auf den völlig unerwarteten Auswärtssieg des feststehenden Absteigers bei seiner Spitzenmannschaft gesetzt hatte, während er in der anderen Hand das Foto eines Trainers hielt, der in eindeutig romantischer Pose mit der Frau seines Mannschaftskapitäns zu sehen ist.

„Der Anstand", gab Landwirt eine Antwort, die in Blop!s Welt so nicht vorkommt. Wer jemals iduRs Finca besucht hat, bringt diese Sportart nicht mehr mit solch einem Begriff in Verbindung. Blop! verstand spätestens in dieser Situation, mit welcher Sorte Mensch er es zu tun hatte – mit einem Gutmenschen übelster Sorte. Einer, der Skrupel, Bedenken und Charakter hat. Für solch Fehlgeleitete gibt es im deutschen Handball traditionell keinen Platz.

„Werde doch Bundespräsident. Präsidial gucken kannst du ja. Oder werde Papst,", gab Blop! sich konstruktiv.
Bei der Auswahl des neuen Bundestrainers für die Damen-Nationalmannschaft verlief die Auseinandersetzung anders. Landwirt schlug seinem Vize drei Kandidaten vor und erkundigte sich nach dessen Meinung, was an sich schon das Misstrauen Blop!s hervorruft. Er selbst würde nie auf die Idee kommen, einen anderen nach dessen Meinung zu fragen. Wozu? Man selbst hat ja recht, oder weshalb hat man sonst die Meinung, die man hat? Die Fragerei ist unnötiger Aufwand, aber Blop! war noch aus einem ganz anderen Grund überrascht: „Was denn? Wir haben eine Frauen-Nationalmannschaft? Seit wann das denn?"
Der Präsident hielt drei Mappen in der Hand und betrachtete seinen Vize. Er versuchte sich einzureden, dass er hier dem sprühenden Humor des Zwergwüchsigen und nicht der Ahnungslosigkeit des Chauvinisten begegnete. Vergeblich.
„Aber Blop … mein Gott … du bist mein Vizepräsident. Du musst doch wissen, dass wir …"
„Ach, jetzt mach da doch nicht so 'ne große Sache draus."
Blop! nahm eine der drei Mappen, ohne sie sich weiter anzusehen.
„Hier, nimm den. Das ist der richtige Mann. Oder die richtige Frau, was weiß ich. Jedenfalls zur richtigen Zeit am richtigen Ort und so. Ich muss jetzt ins Studio, Modell stehen. Ich lasse eine Wachsfigur von mir selbst für mein Wohnzimmer anfertigen. Im Schlafzimmer habe ich schon eine, aber im Wohnzimmer eben noch nicht. Tschüssi!"
Ereignisse wie diese und Myriaden ähnliche sind zwar nicht schön, aber zwei sich dem gleichen Ziel verpflichtet fühlende

Männer können durch solche Streitigkeiten nicht entzweit werden. Ungeachtet persönlicher Empfindlichkeiten raufen sie sich angesichts ihrer verantwortungsvollen Aufgabe im Sinne des Handballs zusammen. Nur weil es kriselt, muss man nicht gleich alles hinwerfen. Wären mehr Menschen aus dem gleichen Holz handgearbeitet wie Landwirt und Blop!, hätten die Scheidungsanwälte ein wesentlich kargeres Dasein.
Natürlich aber hat auch das belastbarste Konstrukt einen Punkt, an dem der Druck zu stark wird, an dem trotz allen Bemühens um eine für alle erträgliche Lösung, trotz allen Ringens um den brustlösenden Kompromiss der Deckel vom Lokus fliegt und es mit den beiden Protagonisten nicht mehr weitergehen kann. Das Zerwürfnis wird durch die Konsultation eines Innenausstatters anlässlich der anstehenden Renovierung ihrer gemeinsam genutzten Büroräume besiegelt. Der vom Präsidenten und dem Vize gemeinsam beauftragte Fachmann ist einer zunehmend breiten Öffentlichkeit durch sein affektiertes Auftreten in einem Fernsehformat, dessen Thema auch in der gerade laufenden fünften Staffel dem Publikum nach wie vor nicht klar geworden ist, bekannt.
„Ich habe ihnen zwei Entwürfe mitgebracht", sagt der Fernsehmann und fächert ein paar Blätter auf dem Schreibtisch aus. „Das war viel Arbeit", fügt er hinzu, da sonst niemand auf diese Idee gekommen wäre. Tatsächlich hat er eine ganze Weile im Internet suchen müssen, bis er ausreichend Bilder und Skizzen gefunden hat, die leicht genug minimal abzuändern waren. Landwirt zeigt sich schnell angetan von einem Entwurf, der in einem seriösen Blau gehalten ist und keinerlei Besonderheiten aufzuweisen hat.

"Gefällt mir gut", sagt er zu Blop!, der aber den Kopf schüttelt und mit einem Bein aufstampft: „Nein, das ist blau und blöd. Ich will das andere Design."

Nun ist es an Landwirt, das weise Haupt zu schütteln. Sicher, es ist allgemein bekannt, dass es schon einmal einen Verein gegeben hat, der seine Spieler gezwungen hat in Trikots im Camouflage-Design aufzulaufen, doch sollte man aus derlei Geschmacklosigkeiten nicht lernen? Gibt es wirklich Menschen, die Camouflage-Tapete an den Wänden haben wollen? Gibt es tatsächlich einen derart rekordverdächtigen Minderwertigkeitskomplex? Wie stets darum bemüht, seinem Vizepräsidenten auf Augenhöhe zu begegnen, sieht Landwirt auf den viel kleineren Mann herab: „Aber das sieht doch Scheiße aus", bemüht er sich um konziliante Worte. „Genau wie die Trikots."

Und so endet eine wundervolle Männerfreundschaft.

Wahrhaftig
stellt für viele Beobachter die vom Himmel gefallene Teilnahme der Nationalmannschaft an der kommenden Weltmeisterschaft eine vollkommen unverdiente Chance für den deutschen Handball dar. Immerhin ist man sportlich in der Qualifikation an Mannschaften auf dem Niveau trinkfreudiger Abendgesellschaften pubertierender Schneeballwerfer gescheitert, aber Großwahn ist ein Profi und weiß, das Ehrlichkeit allenfalls intern in der Manöverkritik, aber niemals bei der Außendarstellung eines Produktes etwas zu suchen hat. Welcher Manager – und Großwahn sieht in seinem umfangreichen Selbstbild unter anderem einen Produktmanager – macht schon mit Aufrichtigkeit Werbung für sein Produkt?

Keiner?

Ganz genau.

Zumindest keiner, der sich nicht gerade in akuter Selbstmordstimmung befindet und nicht den dringenden Wunsch hat, allem ein Ende zu setzen. Deshalb gibt es nur selten als aufrichtig zu bezeichnende Produktbeschreibungen seitens der Hersteller, da Slogans wie ‚Kauf XYZ, ist auch nicht besser als der Murks von unserer Konkurrenz, aber unsere Werbung ist teuer und soll sich doch lohnen!' als nicht absatzfördernd betrachtet werden müssen. Glaubwürdig wäre auch 'Kauf XYZ. Ist das gleiche Zeug wie YXZ und ZXY von unseren Mitbewerbern, da es sowieso alle Firmen weit jenseits des Urals beim gleichen unter menschenunwürdigen Bedingungen produzierenden Lohndienstleister zusammenklöppeln lassen, aber wir finden es besser, wenn du dein Geld uns und nicht den anderen Halsabschneidern gibst'. Auch hier hält sich hartnäckig die Theorie, dass zu viel Ehrlichkeit noch keinem Verkäufer genutzt hat.

Großwahns Gedanken gehen steil, wenn er über Produktmanagement und Marketing nachdenkt. Geht es dem Pharmakonzern, der für seine multiplen juristischen Personen ein schwer zu durchschauendes Konstrukt aus diversen Kapitalgesellschaften gegründet hat, um das Wohl der Menschheit? Geht es der Bank tatsächlich um die Wohlfahrt der Allgemeinheit? Und geht es dem Politiker um das Volk, in dessen Namen und zu dessen Wohl er handeln soll?

Die Antwort liegt auch für Hein Großwahn klar auf der Hand und lautet: ‚Ja, nun ...'

Mit dem Handball managt Hein Großwahn ein Produkt mit Alleinstellungsmerkmal. Es gilt, die Öffentlichkeit mit den

Vorzügen des Produktes zu konfrontieren, ob diese das nun möchte oder nicht. Überlegungen dieser Art, generell die Beschäftigung mit seinem Job, rufen bei Großwahn immer wieder die gleichen Reaktionen hervor. Zunächst bekommt er Kopfschmerzen, dann breitet sich ein Gefühl allgemeiner körperlicher Niedergeschlagenheit aus, bevor er sich übergeben muss. Wenn das alles überstanden ist, kommt die Pupserei. Nach Möglichkeit gibt der große Vorsitzende seine Interviews in dem aus seiner Sicht wünschenswerten Zustand der Pupserei, denn er hält sich in dieser Phase für besonders stark und geistreich. Welch kluge Gedanken hat er nicht schon im Zustand der Pupserei ausgestoßen? Mit den üblichen gedanklichen Abläufen bringt er sich in die gewünschte Stimmung für das große Interview mit dem über die Grenzen der Sportart hinaus unbekannten Journalisten Schreiberling, der jede Sekunde eintreffen wird. Hein ist fest entschlossen, sein Produkt optimal zu präsentieren, als das rote Handy klingelt. Großwahn schließt für einen Moment die Augen. Anrufe auf dem roten Handy bedeuten nichts Gutes. Es müsste seine Frau sein, um für den Abend den Besuch der Schwiegermutter anzukündigen, doch es meldet sich ein nordostwestfälischer Kinnbartträger. Coldy übermittelt eine ebenso schlechte wie irritierende Nachricht: „Wir wollen gerichtlich feststellen lassen, ob wir tatsächlich sportlich abgestiegen sind, wie alle behaupten. Wir glauben das nämlich nicht."
„Was? Reicht dir denn nicht ein Blick auf die Tabelle, um das zu erkennen?"
„Kennst du die Dufübe?"
„Die Dufübe? Sind die pro oder contra Pegida?"

Doch Coldy meint die Durchführungsbestimmungen der höchsten deutschen Spielklasse im Handball, die natürlich noch kein Mensch, erst recht kein Funktionär, gelesen hat. Nicht einmal derjenige, der die Dufübe aufgeschrieben hat, hat eine Ahnung, was in ihnen steht, denn aus Kostengründen hat man das Pamphlet in Bangladesch schreiben und Korrektur lesen lassen. Die Empfehlung dazu hatte Großwahn persönlich von einem Hersteller von Elektrogeräten erhalten, in dessen Bedienungsanleitungen seit Beginn der Kooperation hilfreiche Aussagen zum Ausschalten der Verbrauchergeräte aufzufinden sind: 'Mach aus die Ding sonst die Ding macht aus das Du.' (Der Globalisierung sei an dieser Stelle ausdrücklich gedankt.)

„In den Durchführungsbestimmungen", erläutert Coldy, „gibt es keinen Hinweis auf das Zustandekommen und die Ermittlung des Ergebnisses eines Spieles".

Eigentlich müsste jetzt langsam die Pupserei einsetzen, doch der Vorsitzende der Ligavereinigung reagiert empfindlich auf die Störung in der Vorbereitung auf das Interview und wird erneut von Kopfschmerzen heimgesucht. „Was willst du, Coldy?"

„Nicht absteigen. Äh … nein, warte: Ich will … Gerechtigkeit. Ja, das klingt besser. Viel besser. Ich will also Gerechtigkeit und Planungssicherheit für alle."

„Dann geh in die zweite Liga."

„Du hast meine Argumente doch gehört."

„Du spinnst", erklärt Großwahn, ohne das empirisch belegen zu können.

„Lenk nicht ab, Hein. Nirgends steht in den Dufübes geschrieben, dass man in einem Spiel mehr Tore braucht als der Gegner, um Punkte zu erhalten. Woher sollen wir das also wissen? Hätten wir das von Anfang an gewusst, wären wir ganz anders in die Saison gegangen. Statt lauffauler einarmiger Banditen hätten wir vielleicht ein paar Berufshandballer verpflichtet. Statt aktiver Erholung auf dem Spielfeld zu betreiben, hätten wir uns in einzelnen Spielen vielleicht angestrengt. Ich denke, du kannst unsere Zweifel nachvollziehen. Wir haben jedenfalls geklagt und sehen der Verhandlung vor Gericht zuversichtlich entgegen. Also, schönen Tag noch, mein Freund."

'Ich dich auch', denkt Großwahn in den Hörer. Bevor er über die sich erneut anbahnenden negativen Schlagzeilen über die Liga ausreichend stöhnen kann, klingelt das rote Telefon schon wieder. Hein, gar nicht fröhlich, denkt an seine Schwiegermutter.

„Herr, wenn es dich wirklich gibt ...", beginnt Hein einen Satz, dessen Vervollständigung wir nicht erfahren werden. Dieses Mal ist es Eiermann, der Geschäftsführer des Aufsteigers Eiderdaus, der seinen Unmut in angemessenen Worten artikuliert: „Ihr elenden Besserwessis, ich zerre euch alle vor das Jüngste Gericht. Die Trompeten von Jericho, ich kann sie schon hören, wie sie Klagelieder anstimmen ob des Untergangs des Abendlandes."

„Die Trompeten von Jericho? Ich weiß nicht, was in euren sozialistischen Schulbüchern stand, aber meines Wissens sollten sie Mauern zum Einsturz bringen."

„Die Mauer ist doch längst weg, hast du das nicht mitbekommen? Oder schon wieder vergessen? Ja, das sieht auch Wessis ähnlich. Erst zwangsbeglückt ihr uns mit einer Zwangsheirat, und dann wollt ihr nichts mehr von eurer Braut wissen."

Großwahn fragt sich, woher die ganzen Spinner eigentlich die Nummer seines roten Handys haben. Er hat sie nur ausgewählten Personen gegeben – neben seiner Ehefrau war das nur iduR. Die eine hatte sie nicht direkt bekommen, sondern gleich von Anfang an gehabt, schließlich hatte sie ihm das Handy am Anfang ihrer Beziehung geschenkt, um ihm zu helfen, Prioritäten zu erkennen. Ob sie sauer wäre, wenn sie wüsste, dass iduR diese Nummer von ihm bekommen hat? IduR hat sie erhalten, weil er der Chef des Vereins mit dieser gigantischen Strahlkraft ist. Mittlerweile ist die Strahlkraft dieses Clubs so mächtig geworden, dass bei den Heimspielen des Vereins ganze Zuschauerblöcke in den oberen Rängen, für die es keine Nachfrage gibt, mit Vorhängen abgedeckt werden, um den Augen des Betrachters nicht den maladen Anblick leerer Zuschauerränge zuzumuten. Nun hoffen alle, dass die Strahlkraft dieses Nordlichts nicht noch größer wird.

„Jetzt sag doch mal, Eiermann, wo wir schon so nett miteinander plaudern: Um was geht es eigentlich?"

„Das fragst du noch? Kriegst du denn überhaupt nichts mit?"

„Eher nicht. Und wenn, verstehe ich es oft nicht." Im persönlichen Gespräch neigt Hein Großwahn gelegentlich zur Ironie, doch unglücklicherweise enttarnt nicht jeder, dem die Ironie begegnet, diese als solche und nimmt seine Äußerungen ernst. Eiermann hält den Vorsitzenden der Ligavereinigung nun also für einen ehrlichen Deppen, was die Lage aber nicht entscheidend verändert.

„Die Lizenzierungskommission will uns nicht in unserer Halle spielen lassen. Man verbietet uns das, wofür wir jahrelang gekämpft und im Schweiße unseres Angesichts gearbeitet haben. Erst mit Hammer und mit Sichel und dann ohne."

Großwahn fragt sich, was dieser Anruf soll. Außer ‚Guten Tag' hat er der Lizenzierungskommission dummerweise auch nichts zu sagen. Zumindest dann nicht, wenn es sich um einen Verein mit, sagen wir, normaler Strahlkraft handelt. Sicher wird er aber derjenige sein, der die unangenehmen Fragen der Öffentlichkeit dazu wird beantworten müssen. 'Besser negative als gar keine Schlagzeilen', denkt er, doch erscheint ihm das keine geeignete Entgegnung für den Choleriker am Telefon zu sein.

„Woran scheitert es denn?"

„Kennst du die Dufübes?"

Schon wieder so einer. Großwahn seufzt: „Was denkst du denn? Natürlich nicht."

„Da steht, dass eine bestimmte Anzahl von Toiletten zur Verfügung stehen muss. Die haben wir nicht. Deswegen gibt es die Auflage der Lizenzierungskommission, dass wir in einer Halle spielen müssen, in der es genug Toiletten gibt. Das kann doch nur ein Schildbürgerstreich sein, oder? Die Großen wollen unter sich bleiben, die Kleinen werden unterdrückt. Ich sage dir, ich gehe zum Bürgermeister, zum Landrat und zum Ministerpräsidenten. Die anderen Konsorten, Bundeskanzler und den Bundespräser, spreche ich danach auch noch an. Ich sage dir, wir werden das Ganze politisch regeln, wenn es nicht anders geht. Ich bin Demokrat, aber nicht, wenn ihr was anderes wollt als ich."

Großwahns Seufzen mutiert zu einem Stöhnen. Das Thema ist delikat, doch was soll er dazu sagen? Er hat kein Sanitär-Diplom, aber als politisch mehr oder weniger informierter Mensch geht der Vorsitzende der Ligavereinigung nicht davon aus, dass in den neuen Bundesländern im Allgemeinen und in einer thüringischen Halle im Speziellen zu wenige Toiletten vorhanden sind. Bei der Aufstiegsfeier vor ausverkauftem Haus hatte sich auch niemand darüber beschwert, seine Ausscheidungen nicht rechtzeitig losgeworden zu sein. Eher mangelt es an Arbeitsplätzen, vielleicht auch an Bananen, aber an Toiletten? Allerdings beweist Großwahn in dieser Situation einmal mehr, dass er ein Mann des Wortes und der Tat ist, indem er sagt: „Ja ... äh ... also, ich weiß auch nicht."

„Vielleicht brauchen wir weniger Toiletten, weil es bei uns im Osten nicht so viele Ärsche gibt wie bei Euch im Westen. Schon mal drüber nachgedacht?"

„Vermutlich ist die Lizenzierungskommission zu dem Ergebnis gekommen, dass ihr immer was zu kacken habt."

„Wenn du mir nicht jetzt sofort zusagst, dass wir in unserer Halle spielen können, gehe ich zur Politik. Ich will das Ost-West-Fass nicht aufmachen, allein schon, weil es nicht mehr zeitgemäß ist. Also, was sagst du?"

„Die Lizenzierungskommission ..."

„... bestehend aus Wessis ..."

„... weiß ich nicht, ist aber auch egal ..."

„... ist es nicht ..."

„... ist es doch ..."

„Komm zum Punkt, Mann. Der Bürgermeister wartet."

„... muss sich an die Dufübes halten und deren Einhaltung einfordern. Das ist nicht neu. Neu ist nur, dass sie die Dufübes kennen. Das macht mir auch ein wenig Sorge. Ansonsten kann ich dir nur sagen, dass ich die Entscheidung der Lizenzierungskommission nicht aufheben kann, selbst wenn ich woll..."

„Auf Wiederhören, Besserwessi!"

Tut tut tut ...
Großwahn legt auf und massiert seine Schläfen. Vielleicht hat seine Mutter doch recht gehabt, denn sie hat ihrem Sohn stets eine Tätigkeit bei der Bank oder als Beamter empfohlen. Ein weiterer Anruf geht ein. So oft klingelt das rote Telefon sonst im Jahr nicht.
„Hallo, Regie? Kann das mal aufhören?"
Seine Frage richtet sich an den, der für alles das verantwortlich ist, aber niemand antwortet ihm. Kein Marionettenspieler, kein großer Architekt, keine aus dem Off ertönende Stimme, nicht einmal ein Vertreter der Sendung mit der versteckten Kamera. Dafür hört Großwahn die Stimme eines Mannes, dessen Dialekt eher ein weit unter den Menschen seiner Region verbreiteter Sprachfehler ist und der sich fast so anhört wie ein allseits tätowierter ehemaliger Nationalspieler, der heutzutage als Universalahnungsloser bei Handballübertragungen eingesetzt wird und durch ein versehentlich falsch herum eingesetztes Zungenpiercing nur noch unverständliches Zeug brabbelt. Bei dem Anrufer handelt es sich um den Geschäftsführer des Bundesligisten FUCK aus dem ach-so-wilden-Süden.
„Bibi Krause beurlaubt? Doping-Skandal? Oh FAG!", kommentiert Hein die Neuigkeiten und unterbricht im gleichen Atemzug die Verbindung zum Mann mit dem Sprachfehler, nur damit der penetrante Klingelton – eine Punk-Version von ‚Fuchs, du hast das Hanf gestohlen' – weitere Torpedos auf seine emotionale Stabilität abschießt. Jetzt noch die Nachricht vom Besuch der Schwiegermutter zu erhalten, wäre der Todesstoß. Soll das rote Telefon doch bis zum Jüngsten Tag, der gar nicht mehr so weit entfernt zu sein scheint, klingeln,

sagt sich der Ligavorsitzende und verpasst so den Anruf des Journalisten Schreiberling, der den Interviewtermin absagen wollte.

Brandheiß
soll das Futter sein, das Schreiberlings seinen Lesern zum Fraß vorwirft. Dazu gehört es, viele Gespräche zu führen, oft genug mit Leuten, die nicht einmal ahnen, wie wenig sie zu sagen haben. Großwahn ist ein Paradebeispiel für solche Kleinkaliber, doch alle Jahre wieder fährt Schreiberling in der langen Pause zwischen den Spielzeiten zu ihm, um das große Sommerinterview mit ihm zu führen. Wie in allen anderen Jobs dieser Welt kommt man ohne eine gewisse Kompromissbereitschaft nicht weiter. Bei einem der zwangsfinanzierten Fernsehender gibt es eine ähnliche, ebenfalls völlig unsinnige Interviewreihe ähnlichen Namens. Die Journalisten wirken dabei vor Langeweile stets angemessen suizidgefährdet und stellen exakt die gleichen Fragen, die sie das ganze Jahr über stellen, und die befragten Politiker spielen mit und geben mit staatstragender Miene die gleichen Nichtauskünfte wie sonst auch. Welcher Zuschauer, fragt sich das geneigte, durchschnittlich politikverdrossene Mitglied der Wahlvolkherde, sieht sich diesen Angriff auf sich selbst eigentlich an? Darüber kann man nur spekulieren, denn da in dieser Gesellschaft immer noch Reste von Schamgefühl vorhanden sind, bekennt sich öffentlich niemand dazu. Es müssen jedenfalls Menschen sein, denen der eigene Hirntod gelegen kommt, denn nichts anderes riskiert man mit dem Konsum dieser Interviews. Ein Mensch wie Schreiberling, der sich diese Sendungen natürlich nur aus beruflichem Interesse ansieht, kann die Rolle der

Journalisten nachempfinden. Genau wie sie fühlt er sich in seinen Sommerinterviews mit Großwahn, der in seinen Augen absolut das Zeug zum Berufspolitiker hat. Wie diese von offensichtlich Wahnsinnigen gewählten Volksvertreter … äh, nein … vielleicht eher: Wie die durch demokratische Wahlen legitimierten Sich-selbst-Vertreter treibt Hein längst tote Säue ungeachtet ihres Aggregatzustandes noch einmal durchs schon vor Urzeiten evakuierte Dorf. Seit fünf Jahren wiederholt er jeden Sommer die gleichen Idee. Um den anderen Sportarten Zuschauer abzujagen, sollte man zum Beispiel in Eishockeyhallen spielen, damit die eisheiligen Fans sehen können, dass Handball das viel interessantere Produkt ist und bei angenehmeren Temperaturen verkonsumiert werden kann. Seit drei Jahren drangsaliert er die nicht interessierte Öffentlichkeit mit einer anderen genialen Idee, die nur noch nicht als solche verstanden wird. Deshalb schließt sich hier der Kreis und Hein sieht sich gezwungen, sich in einer Endlosschleife wie das Fernsehprogramm zu wiederholen: Flüchtlinge sollen in Hallen untergebracht werden, die nicht permanent ausverkauft sind. Somit sei allen geholfen, denn die Hallenauslastung verbessert sich, bedürftige Menschen haben ein Dach über dem Kopf und die staatstragenden Hohlbir … Verzeihung, hier muss es heißen: staatstragenden Köpfe aus Politik und Verwaltung … haben ein paar Menschen vorübergehend untergebracht. Alles das muss Schreiberling sich dieses Jahr nicht anhören, denn der große Yiiha – eine der größten Nummern überhaupt im Vereinshandball, denn er hat die Nummer 93 bei den Krabbenpuhlern, die mit dem mehrfach als Mitarbeiter des Monats ausgezeichneten Ostseepaten als Manager in der Vergangenheit große Erfolge gefeiert haben –

hat Wichtiges in eigener Sache zu sagen. Der überaus große Yiiha kommt langsam in die Jahre und plant, seinen Marktwert noch einmal zu steigern. Er will ein Interview geben und hat vor, etwas Bewegung in die Spielerszene zu bringen, auch wenn das alte Wunden aufreißen sollte. Dazu hat der wirklich sehr große Yiiha ausgerechnet Schreiberling als Werkzeug auserkoren. Dieser ist stolz drauf, unabhängig von den zugrunde liegenden Überlegungen des Spielers, denn es geht immer um die Geschichte, wie der Journalist sich und jedem, der es nicht hören und nur seine Ruhe haben will, immer wieder sagt. Bevor er den wahrlich großen Yiiha in einem Café auf neutralem Boden trifft, bemerkt er eine eingegangene Sprachnachricht auf seinem Mobilgerät, hört sie ab und macht sich eine Notiz. Er ist ein gefragter Mann, was dazu führen wird, dass es das nächste Interview mit Hein Großwahn frühestens in einem Jahr, im nächsten Sommerloch, geben wird. Die Handwallwelt wird es wohl verkraften. Eine andere Frage ist da schon, wie die Handballwelt verkraften wird, dass ein alter Bekannter aus dem Sumpf wieder an Land gekrabbelt kommt. Lange hat man nichts von Eff gehört, doch nun möchte auch er ein Interview mit Schreiberling. Man kann über den alten Eff denken, was man will – und genau das tut Schreiberling auch –, aber langweilig ist es mit dem Knaben nie. Kein Kandidat für langweilige Sommerinterviews, eher einer fürs Varieté. Für manche ein Tausendsassa, sehen andere in ihm einen Höllenfürsten im Quadrat. Tatsächlich gibt es in seiner Vita einige von verschiedenen Seiten höchst unterschiedlich bewertete Kapitel. Brüche, könnte man sagen. Maximal umstritten zum Beispiel seine Rolle in dem stark unter aktiven Spielern beworbenen Investmentfonds, der in

arabischen Ländern Grundstücke und Gebäude aufkaufte, um dort Oben-ohne-Bars zu errichten. Mehrere Spieler haben ihr gesamtes Vermögen investiert, doch da die Zeit in den unmittelbar bevorstehenden Jahrtausenden für diese Idee in der gewählten Region der Welt noch nicht reif sein wird, ist das gesamte Kapital im Wüstensand versickert. Ebenfalls keinen ungeteilten Beifall fand ein weiteres Investitionsmodell, das er den Spielern mit dem gut gemeinten Ziel, ihre Altersvorsorge zu sichern, vorschlug. Nach den Erfahrungen mit den Investitionen im so-ziemlich-mittleren Osten achtete er bei der Auswahl seiner Geschäftspartner besonders auf deren Ruf und ihr Image. Für Eff, dem lernfähigen Häschen-aus-dem-Hut-Zieher, kamen nur noch die seriösesten der Seriösen infrage, das Beste war gerade noch gut genug für ihn. Diesen Kriterien folgend hatte er keinen Anlass, an der Aufrichtigkeit und den hehren Absichten einer Gruppe von Investoren zu zweifeln, die erfolgreich diverse Bordelle in Andalusien und Ledergerbereien in Bangladesch betrieben sowie den Straßenstrich in Tschechien kontrollierten. Aus Gründen, die Eff bis heute nicht nachvollziehen kann, hat sich das gesamte investierte Geld allerdings wie ein Hasenpups im Wind des Meeres aufgelöst und verflüchtigt.
Ereignisse wie die beschriebenen führen dazu, dass Eff bis heute einen Platz im Herzen vieler Spieler gefunden hat. Logisch, sagen sich einige, dass etwa auf einer verschrobenen Insel im Atlantik, irgendwo zwischen dem alten Europa und dem neuen Amerika, ein ehemaliger Spieler sitzt und immer wieder mit einer großen Nadel durch eine Puppe sticht, die im oberen Bereich mit einem Foto Effs veredelt wird. Angesichts von Milliarden Menschen, die auf dem schmutzigblau-

en Planeten leben, ist die Anzahl der Menschen mit derartigen Vorbehalten Eff gegenüber jedoch absolut zu vernachlässigen.

Schreiberling erfährt schnell, dass auch der verdammt große Yiiha seine Erfahrungen mit patentierten Investitionsmodellen gemacht hat. Wie bei der Steuerhinterziehung gibt es eine Dunkelziffer, und immer wieder ist man überrascht, wer betroffen ist.
„Bis heute ist mein Dispo überzogen. Ich leide immer noch unter den finanziellen Belastungen, die mir seinerzeit aufgebürdet worden sind. Ein hoher Teil meines Gehalts geht dafür drauf, für die Fehler von damals zu bezahlen. Gut, und für Ex-Frauen, aber das kann man nicht ändern, das passiert halt. Aber Eff? Der passiert nicht einfach so."
„Was waren denn die Fehler von damals?"
„Ich habe Unterschriften an den falschen Stellen geleistet. Ich konnte kaum Deutsch, als ich hier ankam, aber ein Mann mit Dreitagebart, Sonnenbrille, dunklen Handschuhen, ohne Lächeln und mit einem vernarbten Gesicht, den Eff mir als einen alten Bekannten vorstellte, sagte, ich solle unterschreiben, denn damit sichere ich seine Zukunft."
„Seine Zukunft?"
„Ja, seine. So sagte der Mann das."
„Hätten Sie an dieser Stelle denn nicht stutzig werden sollen?"
„Ja, du Schlaumüller. Mit dem Wissen von heute und meinem aktuellem grammatischem Können wäre mir das nicht passiert. Ich habe mir den Vertrag im Einzelnen nicht durchgelesen. Wozu auch, ich hatte ja noch Schwierigkeiten mit den

Possessivpronomen. Ich weiß nicht, ob du das verstehen kannst, du Klugschreiber?"

„Äh … ja. Doch, das kann ich"

„Außerdem hatte mir mein Verein gerade einen fabrikneuen SUV vor die Tür gestellt, mit dem ich durch das flache Land cruisen wollte. Ich hatte also keine Zeit mich, auch noch darum zu kümmern. Zumal ich gebeten wurde, mich dann und wann beim Training einzufinden, um einen Ball durch die Halle zu werfen."

„Aber noch mal für mein Verständnis. Eff selbst ist nicht Ihr Berater oder Vertragspartner gewesen, wenn ich das richtig verstehe."

„Ja, Mann. Gratuliere, du hast echt den Bogen raus. So schlau wie du sind echt nur wenige. Schätze, bei der nächsten Pulitzerpreis-Verleihung kommen sie nicht mehr an dir vorbei."

„Sie wirken ein wenig gereizt und etwas angespannt auf mich. Täuscht dieser Eindruck?"

„Ich sag es ja, du bist ein ganz Großer. Mit deiner menschlichen Art und deiner Fähigkeit, zwischen den Zeilen zu lesen, sind dir keine Grenzen gesetzt. Reach the sky und so. Bis ans Limit und noch ein ganzes Stück weiter."

Schreiberling ist irritiert. Er klappt sein Notizbuch zu und verzichtet darauf Notizen zu den Smileys, die er während des Gespräches gezeichnet hat, zu ergänzen. Der informelle Ton, den der außerordentlich große Yiiha anschlägt, ist dafür allerdings nicht der allein ausschlaggebende Grund. Der Notizblock eines Reporters, lautet Schreiberlings Credo, wird in seiner Bedeutung überschätzt, da ein Berichterstatter, der was auf sich hält, die Fakten ohnehin so modelliert, wie sie ihm gerade in den Artikel passen. Deswegen ist es ziemlich

überflüssig, das ganze Gequatsche mitzuschreiben. Diese Regel greift auch dann, wenn der in der Realität beeindruckend große Yiiha der Interviewte ist.
„Ich bin etwas überrascht über diese ... äh ... Lobhudelei. Üblicherweise werde ich eher ... äh ..."
„Beschimpft? Beleidigt? Verunglimpft? Das verstehe ich nicht. Du bist es, ich spüre es ganz deutlich. Du bist der kommende Mann. Du bist ein ... ein ... oh, du bist so ein ..."
Auf Yiihas Stirn glänzen Schweißperlen. Er ist Handballer geworden, weil er auf dem Spielfeld seine Aggressionen abbauen kann. Dort erhält er ab und zu mal zwei Minuten, wenn er richtig zupackt vielleicht auch mal rot, aber woanders würde er für identische Aktionen je nachdem Lokalverbot, Anzeigen wegen Körperverletzung und/oder Klagen auf Schmerzensgeld oder Schadenersatz bekommen. Handball ist sein Glück, keine Frage, doch dieses Glück ist in Gefahr. Sein Vertrag läuft in zwei Jahren aus, und der Buchstabensetzer im Stuhl vor ihm kritisiert in letzter Zeit wieder und wieder die Leistungen des wahrhaft riesigen Yiihas, der dafür kein Verständnis aufbringt. Er, in seiner Eigenschaft als Handballer, hat nie ein Huhn dafür kritisiert, dass es zu wenige Eier legt, einfach weil er selbst keine Eier legen kann. Mit welchem Recht also kritisiert so ein Stifthalter, der mit dem eigenen Hintern nicht einmal einen Medizinball trifft, wenn er sich nur daraufsetzen soll, die Treffsicherheit eines der erfolgreichsten Spieler der letzten Jahre? Das versteht der ganz schön angefressene Yiiha nicht. Viel schlimmer ist aber noch, dass der Wortakrobat durch sein Geschreibsel Yiihas kurzfristige Ziele gefährdet, denn Kritik an seiner Leistung kann sich negativ auf seinen Marktwert auswirken. Da er damit liebäugelt, sich von einem

solventen Club aus seinem laufenden Vertrag herauskaufen zu lassen und bei dieser Gelegenheit eine Wechselprämie zu fakturieren, ist ein solcher Kritiker ein größerer Gegner als die auf dem Spielfeld. Diese Sichtweise ändert sich auch nicht durch die vage Möglichkeit, dass Schreiberling bei objektiver Betrachtung mit seiner Kritik richtig liegen könnte, denn bei einem Profisportler handelt es sich in erster Linie um ein Subjekt, nicht um ein Objekt. Daraus folgt, dass beispielsweise einem Handballspieler die subjektive Betrachtungsweise näher liegt als die objektive. Der momentan ziemlich subjektive Yiiha stellt sich vor, wie er Schreiberling an den Pfosten eines Tores bindet und Sprung- und Stemmwürfe ins Eck trainiert, was ein wenig seiner Beruhigung dient.

„Das … äh … das freut mich, dass Sie das so sehen, zumal ich Ihre Leistungen ja zuletzt gelegentlich etwas kritisiert habe."

Der Handballer versucht sich an einem Lächeln, allerdings zeigt sein Gesicht mit dem Schaum vor dem Mund und den Blut unterlaufenden, Schreiberling anstarrenden Augen eine interessante Widersprüchlichkeit, die den Journalisten fasziniert, aber auch Rätsel aufgibt. Steht der Spieler schon so unter Strom wegen der bald wieder beginnenden Saison? Immerhin gilt dieser Modellathlet als ein Muster an Motivation und Einsatzbereitschaft. Schreiberling findet schließlich eine Erklärung für das etwas ungewöhnliche Verhalten seines Gegenübers: „Ich kenne das", zeigt er sich verständnisvoll. „Hämorrhoiden können einen verrückt machen. Man muss sich mehr bewegen, dann bleiben sie in Zukunft aus."

„Jetzt hör mir mal zu, du Raketenwissenschaftler." Yiihas riesige Hände öffnen und schließen sich, öffnen und schließen sich. Nur noch wenige Minuten muss er aushalten, dann kann er endlich wieder in den Fitnessraum gehen und eine Anti-Aggressions-Trainingseinheit einlegen. „Ich möchte dir etwas vorschlagen. Ein Geschäft."

„Ein Geschäft?"

„Ja, du Echo. Du bekommst ein paar Informationen von mir, und ich bekomme eine gute Presse von dir. Eine Hand bricht die an … wäscht die andere. Was meinst Du?"

Tagtäglich
geübt in der Kenntnisnahme etwaiger Skandale erfährt die Öffentlichkeit, dass ein Spieler aus dem Kader der Nationalmannschaft bei 6 von 49 Dopingkontrollen das Röhrchen nicht gefüllt hat. Die gewohnt zuverlässig recherchierende Presse spricht vom größten Dopingskandal, der die Sportart Handball jemals heimgesucht hat, während Dopingprofis aus Leichtathletik, Radsport und der irgendwo jenseits der Wahrnehmungsgrenze auch noch existierenden Gewichtheber-Szene nicht einmal müde über diesen amateurhaften Skandal lächeln. Im Rahmen der allgemeinen Oberflächlichkeit interessiert es niemanden wirklich, ob der Tatbestand des Dopings überhaupt erfüllt wird oder nicht, was an gute alte Traditionen aus dem Wilden Westen erinnert. Auch dort wurde erst später, wenn genügend Langeweile vorherrschte, die Schuldfrage geklärt. Ungeachtet solch kleinkarierter Überlegungen schüttelt Bibi Krause um kurz nach 14 Uhr an seinem Frühstückstisch den Kopf, als er die Meldung in der Zeitung liest. Welchen seiner Kollegen es da wohl erwischt hat? Jedenfalls niemand, der Mitleid verdient, findet Bibi, denn die Regeln für Nationalspieler sind klar definiert. Wer nicht in der Lage ist, diese zu befolgen, sollte sich einen anderen Job als

Profisportler suchen. Nicht einmal einem Amateur würden solche Dämlichkeiten in dieser Häufigkeit passieren, findet Krause und schlägt sich ein Ei an seinem Kopf auf.

Nach dem Frühstück greift er zu seinem Handy und sieht ein paar entgangene Anrufe. Sein Spezi von der führenden Tageszeitung der Region, der Schwäbischen Verallgemeinerung, hat eine Nachricht hinterlassen: „Das ist ja ein dickes Ding, Bibi. Irre, wie du dir immer wieder Ärger einbrockst. Was ist deine Version der Geschichte?"

„Hä?"

Die nächste Nachricht ist vom Manager seines Vereins: „Zehn Uhr, du Schlafmütze. Du hast das Morgentraining verpasst. Kannst du deiner Frau nicht mal beibringen dich zu wecken, wenn sie von der Arbeit kommt? Wobei, jetzt ist es eigentlich auch egal, denn du bist beurlaubt. Das kommt dir doch entgegen, oder? Oh Mann, ich würde dich am liebsten in die Wüste schicken. Aber weißt du was? Ich erteile dir die Freigabe. Hast du verstanden? Du bist vogelfrei. Geh, wohin du willst, aber komm bitte nicht zurück zu uns."

„Eh?"

Die nächste Nachricht stammt vom neuen Bundestrainer: „Tja, wie wir alle wissen, hältst du dich für den Größten. Zu Recht, muss ich sagen. Du bist tatsächlich die größte Blitzbirne aller Zeiten. Glückwunsch!"

„Äh?"

Bibi hat einen ganz feinen Riecher und ein äußerst sensibles Gespür für die Situation. Das Gefühl, irgendetwas laufe schief, stellt sich ein. Er geht zu seiner Frau, einer der talentiertesten Oben-ohne-Tänzerinnen und hoffnungsvollsten Nachwuchs-

Stripperinnen des Landes, deren besondere Stärke der Stangentanz ist, und weckt sie, damit sie ihm die Welt erklärt.

„Was?", fragt sie müde und etwas verärgert, weil der Göttergatte keinen Kaffee ans Bett gebracht hat, obwohl dieser Service Bestandteil des Ehevertrages ist. „Was verstehst Du denn wieder nicht?"

„Warum alle auf mir rumhacken. Die sollen mich doch mögen. Ich bin doch der Oh-Boy-des Jahres weiß-ich-doch-auch-nicht-mehr-wann."

Titi braucht nicht lange, um das Rätsel zu lösen. Sie wundert sich ein wenig, dass Bibi Krause sich selbst bei der Zeitungslektüre nicht erkannt hat, und nimmt sich umfassend Zeit, um ihrem Mann die Situation zu erklären. Sie telefoniert mit dem Manager seines Vereins und erkundigt sich, ob nicht doch Interesse an einer gemeinsamen Pressekonferenz besteht, um zu den, ihrer Meinung nach offensichtlichen, Missverständnissen Stellung zu nehmen.

„FAG off", sagt dieser und legt auf.

Titi interpretiert diese Reaktion für ihren Mann und rät dem Nationalspieler dazu, auf jeden Fall eine Erklärung zu den Vorwürfen abzugeben. Sie erläutert ihm, dass er sich als von der Presse nicht korrekt behandelt betrachten solle. 6 von 49 Dopingkontrollen hatte er zwar vielleicht nicht abgegeben, doch für jede einzelne gibt es mindestens einen triftigen Grund. Bibi Krauses Absicht ist es der Sportwelt zu zeigen, dass er viel mehr ein Opfer des Systems als ein Dopingsünder oder ein des unterlassenen Urinierens schuldiger Täter ist.

„Regeln müssen sein", bekräftigt er, als er nur wenig später auf der von seiner Frau einberufenen und organisierten Pressekonferenz vor den Journalisten sein grundsätzliches Ver-

ständnis zeigt, „aber doch nicht in dieser Härte. Und doch nicht für mich."
Mit diesen ehrlichen und aufrüttelnden Worten widmet sich der mittlerweile viel reifer wirkende Lieblingsspieler vieler null- bis vierjährigen Mädchen der Aufarbeitung der Affäre 6 von 49, in dem er für jede einzelne fehlende Urinabgabe eine nachvollziehbare Begründung abgibt: „Missed piss eins, den man mir vorwirft. Wegen plötzlich auftretender Nierensteine, die eine Urinabgabe über die vorgesehenen Kanäle erschwert, wenn nicht sogar unmöglich gemacht hat, bin ich zum Arzt gegangen, der erst durch seine Behandlungsmethoden das … äh … Rohr wieder frei gemacht hat. Als Beleg finden sie hier die schriftliche Bestätigung meines Arztes."
„Das Datum ist erst von vorgestern", insistiert ein investigativer Journalist und riskiert damit den Abstieg in Bibis Beliebtheitsskala. „Die versäumten Urinabgaben stehen doch schon viel länger im Raum."
„Mein Arzt ist in erster Linie Mediziner und kein Statistiker. Deswegen stellt er solche Belege nur bei Bedarf aus."
„Hm. Verstehe. Ist es eigentlich Zufall, dass der Name des Arztes identisch ist mit dem Mädchennamen ihrer jetzigen Frau?"
„Ja, das ist Zufall. Sie hat mich zuvor nicht gefragt, ob ich lieber einen Arzt oder einen Pizzabäcker zum Schwager hätte. Oder, Titi?"
„Ja nein", klärt die an der Seite ihres Mannes sitzende Titi, ohne von ihrem Smartphone aufzusehen, auf. Sie verfolgt gebannt die Live-Übertragung dieser Pressekonferenz im Livestream eines Internetportals. Es ist ungeheuer spannend, mit dem Smartphone zu surfen und dabei sich selbst beim

Surfen mit dem Smartphone zu beobachten. Vermutlich ist sie deswegen ein wenig unkonzentriert und bringt Bibi in die verhängnisvolle Lage, für sich selbst denken zu müssen.

„Gut, damit ist das ja geklärt", leitet Bibi elegant zum zweiten missed piss über: „Versehentlich bin ich in einen Flieger nach Mallorca eingestiegen, aber das war höhere Gewalt. Die Bahn hat gestreikt, weshalb ich alternative Verkehrsmittel suchen musste. Dabei muss ich mich vertan haben und konnte deswegen nicht an Ort und Stelle sein. Beim nächsten Mal hatte ich ein Pech, das natürlich in Wahrheit ein Glück ist, denn ich habe am Abend zuvor meine Frau kennengelernt. Das haben wir spontan die ganze Nacht gefeiert. Mir war dann so schlecht von dem vielen Champagner, den ich aus ihrem Schuh getrunken habe, dass ich nicht zum Training kommen konnte. Nummer vier erklärt sich ebenso, denn da war ich immer noch … äh … unpässlich. Gleicher Grund. Geht halt ganz schön viel rein, in Titis Stiefel. Und ich habe einen sensiblen Magen. Stimmt doch, Titi, oder?"

„Ja nein."

„Zwischen dem dritten und dem vierten missed piss liegt aber eine ganze Weile."

Wieder der gleiche Journalist, der schon bei der vorangegangenen Erklärung hatte nachhaken müssen. Bibi hat kein Verständnis für Menschen, die ihren Beruf ernst nehmen und sich einer Aufgabe, die sie übernommen haben, verpflichtet fühlen. In seiner Welt gibt es für so was keinen Platz, weshalb er den Journalisten blacklisted. Nur gut, dass Bibi einen seriösen Zeugen hat. Mit einem sicheren Gefühl für das richtige Auftreten im falschen Moment betritt Eff die Bühne und lächelt gewinnend in die Runde.

„Ach", konstatiert der Journalist. „Was haben Sie denn damit zu tun?"

„Eigentlich nichts. Aber durch mich haben sich die beiden, also Titi und Bibi, ja kennengelernt. Und daher kann ich ruhigen Gewissens bestätigen, dass Bibi an den genannten Terminen hackedicht bei mir im Geschäft war, um seiner Auserwählten ebenso traditionell wie romantisch den Hof zu machen."

Damit endet der charmante Auftritt des umtriebigen Managers und Geschäftsmannes auch schon wieder. Eff und Bibi umarmen sich kurz, und Eff raunt dem Nationalspieler mit Urinabgabedefizit ins Ohr: „Ich habe einen gut bei Dir. Nicht vergessen, ich komm drauf zurück."

Als nächstes betritt Frührentner Fritze auf die improvisierte Bühne. Die versammelte Journaille zeigt kollektives Stirnrunzeln, denn der Kontrolleur ist für sie kein Unbekannter. Die freie Presse ist so frei im Besitz einer Datei zu sein, die alle Urinproben einsammelnden Nebenerwerbsrentner in Deutschland enthält. Fritz W., Nachname und Adresse allen interessierten Personen und Kreisen gegen Barzahlung zugänglich, hat den zweifelhaften Ruf, in unpassenden Situationen auf den Plan zu treten. Der Nebenerwerbsrentner lächelt freundlich, während Bibi den fünften Verstoß gegen die goldene Regel 6 von 49 erklärt: „Ich hatte Durchfall und kam nicht von der Keramik herunter. Ich hätte gern geöffnet, doch wie sollte ich zur Tür gelangen, ohne eine Spur hinter mir herzuziehen? Und wem hätte ich die Beseitigung dieser Spur zumuten sollen? Nein, auch das war höhere Gewalt. Aber natürlich hatte ich mein Handy auf der Toilette mit dabei. Fritze hat mich auch angerufen, nicht wahr, Fritze?"

„Jaja", bestätigt der Angesprochene überzeugend.
„Aber weil ich die Spülung betätigt habe, konnte ich das Klingeln nicht hören. Jetzt frage ich sie alle, auch die anwesenden Damen und Herren von der Kanaille … von der Journaille, ob das nicht nachvollziehbar ist?"
Die Journalistenschar ist noch nicht restlos überzeugt. Natürlich, die Indizien, die für eine Verkettung unglücklicher Umstände und gleichzeitig die Unschuld des Athleten sprechen, verdichten sich, doch um ein abschließendes Urteil fällen zu können, möchten die Berichterstatter eigentlich noch die Begründungen für den sechsten fehlenden Urintest hören. Bei einem eher zufälligen Blick auf die Uhr stellen sie jedoch fest: „Redaktionsschluss."
Sofort springen alle anwesenden Reporter auf, hacken Kommentare und Schlusssätze ihres Artikels in die Tastaturen oder hängen sich ans Telefon, um den finalen Bericht an ihre Redaktionen zu übermitteln. Was bei Redaktionsschluss nicht übermittelt ist, gelangt nicht in die Zeitung und bringt kein Geld, und am nächsten Tag interessiert sich keine schnelllebige Sau mehr für die Ereignisse von vorgestern. Aus diesem Grund endet die journalistische Pflicht an der Stelle des Redaktionsschlusses. Zurück bleiben Fritze und Bibi, beide etwas ratlos, sowie Krauses ganz neue Ehefrau, die gerade erst mit der Umschulung von Stangentänzerin zur Spielerfrau begonnen hat. Als der Livestream mit dem Aufbruch der Pressehorde endet, gibt Titi noch einen Kommentar im Internetportal zum Stream ab: ‚Schicker Hase da an Bibis Seite – der Mann hat Geschmack, alle Achtung!'

Heutzutage
sind negative Schlagzeilen besser als gar keine. Das jedenfalls sagt man sich, wenn man nur Grütze in der Presse liest über das, wofür man steht. Sicher, positive Schlagzeilen wären mal eine hübsche Abwechslung, doch wer soll sie fabrizieren? Außer Schreiberling ist niemand kritiklos und verkommen genug, auf Bestellung verfasste Artikel über den Handball in diesen Zeiten zu publizieren, doch der hat den Ligavorsitzenden zuletzt versetzt wie der Klassenschwarm den dummen Jungen. In dieser nicht gerade positiven Stimmung macht sich Großwahn auf den Weg zum turnusgemäßen Treffen der Handballgranden, einer sich der Entwicklung des Handballsports verpflichtet fühlenden Gruppe von Funktionären und Entscheidungsträgern der höchsten Kategorie, die einen informellen Informationsaustausch pflegen, um Dinge im Sinne aller vorantreiben zu können. Übersetzt handelt es sich also um ein regelmäßig stattfindendes Treffen einiger Blitzbirnen, die sich für die Oberen 10.000 halten und glauben, ihre Gedanken hätte auf dieser Welt vor ihnen noch niemand gehabt. Neben einer ordentlich Portion Selbstüberschätzung sind ein gerüttelt Maß Selbstverliebtheit, eine stattliche Menge Ignoranz und eine umfassende Merkbefreiung unabdingbare Voraussetzungen zur Aufnahme in diese illustre Runde. Aber, und da kann Handball-Deutschland ganz beruhigt sein, an Personen solchen Formats hat es hierzulande noch nie einen Mangel gegeben. Blop! gehört natürlich auch zu ihnen. Sein aktuelles Problem ist, dass nicht einmal die Vergabe der Übertragungsrechte für die Spiele der Nationalmannschaft bei der bevorstehenden Weltmeisterschaft problemlos vonstattengeht. Da es erstaunlicherweise tatsächlich Fans gibt,

die sich über die durch die Hintertür erfolgte Einladung zu diesem Turnier freuen, stellt sich diese Frage natürlich. Ob sich eine Mannschaft sportlich qualifiziert hat oder ins Turnier gelogen wird, spielt bei derartigen Überlegungen traditionell keine Rolle. Bei dem Radrennen kreuz und quer durch Frankreich stört es auch niemandem, wenn die Kanüle noch in der Vene des Etappensiegers steckt, während er über die Ziellinie radelt. Und die Sprinter bei den Leichtathleten können ruhig den Tropf neben sich mitlaufen lassen, ohne dass es zu nennenswerten Unmutsbekundungen oder gar einer Konsequenz kommt. Gezeigt wird, was der trübe Fernsehkonsument ohne umzuschalten über sich ergehen lässt, ob nun Fliegenfischen oder das Herauspressen ewig gleicher Stereotypen von den ewig gleichen Politvisagen, die sich in einer Unendlichkeitsschleife durch Talkshows wie 'Anne-kann-nicht-so-wie-sie-will' oder 'Günther-und-sein-Schlauch' sitztalken.

Insgesamt haben die großen Sender kaum Interesse an den Übertragungsrechten. Die öffentlich-rechtlichen, grundsolide zwangsfinanziert von einer Gebührenordnung, die fantastischerweise nicht einmal das Vorhandensein eines geeigneten Empfangsgerätes voraussetzt und sich auch nicht die Bohne dafür interessiert, ob das Angebot überhaupt wahrgenommen wird und somit den Einstieg in eine ganz neue, für viele Unternehmen höchst interessante Abrechnungsmethodik darstellt, haben zum Zeitpunkt des Turniers bereits fixe Programmpunkte, die nicht diskutabel sind und eine Liveübertragung der deutschen Spiele verhindern. So ist beim ersten Gruppenspiel der deutschen Mannschaft bereits die Liveübertragung des Eincheckens und des Hinflugs vom Fußball-Dauermeister in sein Trainingslager nach Gaudi-Arabien geplant, während das zweite Gruppenspiel mit der Heirat der Stiefschwester des Königs von Absurdistan mit der Prinzessin von Weitfortistan kollidiert. Für die hierbei noch nicht kollabierten Zuschauer bietet sich dann der Programmhöhepunkt an, der während des dritten Gruppenspieles der Nationalmannschaft ansteht: die Übertragung der internationalen Meisterschaft im Topfschlagen mit besten Medaillenaussichten für das einheimische Team. Ein als Sportsender bekannter Kanal verzichtet gleichfalls auf den Erwerb der Übertragungsrechte. Man würde ja gerne, erklärt ein Sprecher des Senders, „aber Umfragen unter unseren Zuschauern haben ergeben, dass diese Sportart zu schnell für die Gehirne der überwiegend als Fußballfans zu definierenden Betrachter ist und sie deswegen nicht von ihnen akzeptiert wird. Wir zeigen deswegen lieber live, wie eine Gruppe ehemaliger Fußballspieler und -trainer um einen Tisch herum sitzt, Bier trinkt und dabei über ein Fußballspiel redet, dass wir unseren Zuschauern somit vermitteln können, ohne die Übertragungsrechte für das Spiel selbst zu besitzen. So funktioniert Fernsehen heute." Der Handball-Fan, der in die Röhre gucken will, ist also dem Erbarmen eines Bezahlsenders ausgeliefert, um die WM-Spiele der heimischen Sieben vollständig sehen zu können. Dank der vermehrt am Himmel verkehrenden und gar nicht so oft von ihm herunterfallenden Billigflieger ist es zu einem Rechenexempel geworden, ob sich der Zugang zum Bezahlfernsehen oder eher ein Trip mit Besuch eines Spiels auf einen anderen Kontinent lohnt.

„Gibt es schon eine Lösung für das Problem?", fragt Hein den dafür zuständigen Blop!, zwischen dessen Stuhl und Kehrseite man eine Bierkiste platziert hat, damit er von den anderen

9.999 Handballgranden mehr als nur den Haarschopf sehen kann. Das dieses mehr an Sehen nicht immer ein Gewinn ist, wird spätestens dann klar, wenn man wie Blop! nun dem Ostseepaten, der ihm gegenüber sitzt, ins Gesicht blickt.

„Nein", knurrt Blop!, dem auch nicht entgangen ist, dass Medienpräsenz alles ist in diesen Tagen, in denen auch die hinterletzte Blitzbirne ständig online sein kann und die Möglichkeit zur umfassenden Information – also zur Betrachtung der neuesten Videos auf der Allgemeinbildung dienlichen Internetportalen zu Themen wie der freiwilligen Genitalverstümmelung durch misslungene Intimpiercings oder der Einführung fantasievoller Gegenstände in beliebige Körperöffnungen – nutzt. Die Sportart muss in Zeiten, in denen sogar die Bundesregierung zu wissen glaubt, wie man junge Leute mittels modernen Medien kontaktieren und ködern kann, im Gespräch bleiben, was sowohl für die Liga als auch die Nationalmannschaft gilt. So betrachtet ist dieser Runde Tisch der Gleichgesinnten in Blops! Augen eine gute Idee. Für problematisch hält er dabei nur, dass alle anderen ihm nicht das Wasser reichen können. Der Ostseepate mit seiner roten Birne sollte sich mit Blutdruckmessung beschäftigen, denkt Napoleons unlegitimierter Nachfolger. Für Großwahn findet er schließlich, nach langem Überlegen, ein paar persönliche Worte, da er nicht glaubt, dieser Bart könne ein Versehen sein: „Ich hätte nicht geglaubt, dass es mal so weit kommt. Ruf diese Nummer an. Es ist noch nicht zu spät, dort kann man dir sicher helfen."

„Nein, ich brauche nicht die Nummer eines Barbiers ..."

„Das ist die Rufnummer der Salafisten-Hotline, die helfen dir beim Ausstieg. Du brauchst jetzt Hilfe."

Großwahn schüttelt den Kopf. Seine Frau findet den Bart sexy, doch bei dieser Konferenz mit den größten Ärs … mit den wichtigsten Köpfen im deutschen Handball kann er keine Bartkraulerei erwarten. Neben ihm selbst und Blop! gehört der Ostseepate zu den wichtigsten Köpfen der Szene. Der Ostseepate trägt seine halbseidenen Krawatten mittlerweile zum allgemeinen Erstaunen in der Funktion als Präsident des Dachverbandes der Landesverbände, nachdem er sein Engagement bei einem gerade erst neu gegründeten Verein schnell wieder beendet hatte, als ihm klar wurde, dass sein als Sponsor fungierender Partner ihnen eine lange Nase drehte. Zwischenzeitlich war der Pate schon gänzlich untergegangen, aber irgendwie ist er wieder an Land gespült worden und grinst nun wieder feist vor sich hin. Ach ja, und der Präsident des Ganzen, also Blop!s Chef, gehört natürlich auch dazu. Und als würde der Präsident die Gedanken des Ligavorsitzenden lesen, sagt er: „Du siehst echt verboten aus, da kann ich nicht mal Blop! widersprechen."

Der Ostseepate pflichtet Landwirts Kritik bei: „Ja, Hein, auch ich halte dich schon länger für einen Schläfer."

Großwahn winkt ab und spricht über sein Lieblingsthema. Er möchte positive Schlagzeilen für den Handball generieren. Die positive Wahrnehmung der Sportart sei wichtig, referiert er und schafft es mit einer bewundernswerten Sicherheit innerhalb von zehn Sekunden, allen Konferenzteilnehmern auf die Nerven zu gehen.

„Komm zum Punkt, Mann", stöhnt der Ostseepate.

„Ich habe ein Video in Auftrag gegeben", sagt Großwahn. „Der Film ist eine Imagekampagne. Für uns alle. Für den

Handball. Für die Liga. Für die einzelnen Landesverbände. Für ..."

„... den Arsch", ergänzt Blop! und fleht Großwahn an: „Fahr den Film doch einfach ab."

„Abfahrt", sagt Großwahn, der sich in den folgenden Minuten die beeindruckten Kommentare vorstellt, die nach Ende der Vorführung zu hören sein werden. Der Ostseepate, der Verbandspräsident und sein Vize hören in gelegentlichen Interviews die Stimme einer Frau – um den Etat nicht zu sehr zu belasten hat Hein Großwahn naheliegenderweise gleich seine eigene zum Mitmachen gezwungen – , doch die optische Alleinpräsenz Großwahns wird nicht durchbrochen. In einer Liga, in der es vor Weltstars nur so wimmelt, ist es eine gute Lösung, ausschließlich sich selbst zu zeigen und somit keinen der Spitzensportler wegen Nichtberücksichtigung in einem Imagefilm zu beleidigen. Und natürlich ist es auch zielführend, nur sich selbst zu Wort kommen zu lassen, denn wer hätte schon Interessanteres oder Innovativeres beitragen können?

„Was wir im Handball brauchen, ist Spannung, Dynamik, echter Wettbewerb", hängt er an seinen eigenen Lippen. „ich schlage deswegen eine Play-off-Runde vor, wie sie seit Ewigkeiten erfolgreich in der NBA praktiziert wird. Wir brauchen die Hilfe des Zufalls, damit nicht ewig der gleiche Verein Meister wird und sich die Spannung durch mehr Zufall erhöht."

Kollektives Stöhnen begleitet das abermalige Satteln der armen toten Sau Play-off-Runde, die noch einmal die Runde durchs Dorf machen muss. Während sich der Ostseepate fragt, ob man hier nicht wegen Störung der Totenruhe einschreiten muss, steckt Blop! sich Finger in die Gehörgänge. Es bleibt unklar, ob er sein Gehirn vor weiteren Ideen dieser Arzt schützen oder kontrollieren will, ob schon Blut aus den Ohren austritt.

Als der Film endlich endet, steht Großwahn spontan auf und klatscht sich selbst Beifall, was mit Fassungslosigkeit und Schweigen beantwortet wird. Großwahn lächelt seine Mitstreiter milde an. Niemand will der Erste sein, der etwas sagt, das kennt man ja. „Nicht so schüchtern", ermuntert er sie schließlich.

„Es steht schlimmer um dich, als ich dachte", befindet der Ostseepate.

„Hein, nimm jetzt Hilfe in Anspruch. Am besten lässt du dich gleich einweisen", schlägt Blop! konstruktiv vor, während Landwirt, ganz präsidial, den Blick auf das Wesentliche richtet: „Deine Frau hat eine sehr angenehme Stimme."

Während Blop! in den Statuten des Verbandes sucht, welche Möglichkeiten zur Amtsenthebung bestehen, denkt der Ostseepate über eine schnellere Alternative nach. Nein, er denkt nicht an die günstigen und auf Abruf zur Verfügung stehenden Ressourcen ein paar Hundert Kilometer weiter der Ostseeküste folgend, die auf solche Fälle spezialisiert sind und abschließende Lösungen in ihrem Portfolio haben. Zumindest denkt er nicht sehr lange an sie. Er versucht an Großwahns Einsicht und Vernunft zu appellieren, da ihn Kühnheit und Aussichtslosigkeit eines Unterfangens noch nie abgeschreckt haben: „Hein, ein Mann wie du ist im Handball unterfordert. Du solltest in die Politik wechseln. Du bist einer für die ganz großen Aufgaben. Einen trübe ins Land schauenden Regierungschef haben wir zwar schon, aber deine Gedanken sind vielleicht ohnehin am besten bei den Liberalen aufgehoben. Da kannst du schnell Karriere machen, die freuen sich über jeden, der noch zu ihnen kommt. Oder, noch besser, du gehst zu den Rechten. Mit deiner Art und Weise wirst du denen ihre braune Suppe so nachhaltig versalzen, dass sie in kürzester Zeit von der Bildfläche verschwunden sind. Dann hätten wir alle was von deiner Arbeit, denn du hast ganz sicher das Potenzial, sie von innen zu zersetzen."

Großwahn versteht die Kritik nicht. Angesichts dieser ihn umgebenden Mutlosigkeit ist es kein Wunder, dass sie sich so schwer tun, König Fußball ein bisschen Marktanteil abzuknabbern.

"Wir brauchen Visionen", versucht er Begeisterung zu wecken.

„Wer Visionen hat", zitiert Landwirt mit dem Gedächtnisprotokoll einen Altkanzler, „soll als Wahrsager arbeiten."

„Na gut, ich habe es versucht. Wir brauchen ein Seil. Und einen Knebel. Blop!, gib mal Deinen Hosenträger und eine Socke."

„Ach, mein lieber Pate, weißt du, wenn wir schon gerade dabei sind ..."

Blitzschnell
kann dank moderner Logistik eine Lieferung auch sperriger Gegenstände in einen anderen Erdteil erfolgen. Oft ist etwas schneller Zehntausende von Kilometern durch die Welt verfrachtet, als ein Parkplatz im Feierabendverkehr in der Innenstadt gefunden.

Hastu Moussaka steckt als Vorsitzender des Organisationskomitees mitten in den Vorbereitungen für die Ausrichtung der ersten Handball-Weltmeisterschaft in einem arabischen Land. Er ist der Empfänger eines per Schallgeschwindigkeit aus Deutschland gelieferten Paketes. In der kistenartigen Verpackung befinden sich Luftlöcher, sodass der OK-Chef ein Tier erwartet, und tatsächlich findet er ein etwas verhutzeltes Lebewesen vor, als er das Klebeband entfernt und die Kiste öffnet. Es blickt scheu um sich und spricht in fremder Zunge, als es etwas sagt. Um den Hals trägt das Lebewesen ein Schild, das Hastu Moussaka das Präsent erklärt: ‚Lieber OK-Chef, das deutsche Handballvolk ist froh und dankbar, bei der Weltmeisterschaft teilnehmen zu können. Es ehrt uns, dass unsere Sponsoren- und Fernsehgelder als wichtiger empfunden werden als die Ergebnisse auf dem Feld. Dafür, um genau dieses zu erreichen, haben wir lange und hart gearbeitet. Bei aller Freude, Euer Gast sein zu dürfen, vergessen wir keineswegs die guten Sitten und kommen als Gäste nicht mit leeren Händen. Gute und billige Arbeitskräfte sind rar, wie wir alle wissen, deswegen freuen wir uns besonders, dir ein echtes Arbeitstier zukommen zu lassen. Außer Wasser und Brot braucht es nicht viel, und es wird gewissenhaft und gern alle Aufgaben übernehmen, die ihr ihm übertragt, wie zum Beispiel den Neubau von für das Turnier geeigneten Hallen. Oder auch das Ausheben von Brunnen in Oasen, euch fällt schon etwas ein. Es hört auf den Namen Hein und neigt etwas zum Größenwahn, doch damit kommt ihr schon klar."

Hastu Moussaka legt den Brief zur Seite und betrachtet das Hein. Es scheint zu fluchen und zu meckern und irgendwie unzufrieden zu sein. Moussaka überlegt, was er dagegen tun kann, und ruft nach kurzer Überlegung einen Barbier an. Mit einem solchen Bart im Gesicht kann man vielleicht in Europa rumlaufen, aber nicht hier im ziemlich mittleren Osten. Vielleicht, sagt sich der OK-Chef, hat das Lebewesen ja nach einer anständigen Rasur auch etwas bessere Laune.

Auch für Landwirt haben Blop! und der Ostseepate eine neue Aufgabe gefunden. Nach gar nicht so langwierigen Verhandlungen hat sich ein linksrheinischer Privatsender bereit erklärt, Landwirt in ein bestehendes Sendekonzept einzubinden, mit dem seit einigen Jahren die eigentliche Kernkompetenz des Senders, die Werbung, im Programm unterbrochen wird, und für das sich aus nicht zu ermittelnden Gründen immer wieder Menschen vor das Fernsehgerät setzen. Es ist eine logische Konsequenz, dass die Bildschirme immer flacher werden, da sie sich lediglich der Entwicklung der Programme anpassen. Diesen negativen Trend kontinuierlich beizubehalten und auszubauen ist künftig auch die Aufgabe Landwirts, der sich nach reiflicher Überlegung schließlich zum Verzicht auf das präsidiale Amt entschlossen hat: „Es ist ja auch so, Blop! – ich kann dich einfach nicht mehr sehen! Bei ‚Verzweifelter Bauer sucht Zwei- oder Vierbeiner' sind die Menschen freundlicher. Deswegen gehe ich."
Der Ostseepate und Blop! klatschen sich ab. Sie sind sicher, zwei Hindernisse auf dem Weg zu einer besseren Handballwelt erfolgreich deportiert zu haben. Schnell machen sie sich Gedanken über geeignete Nachfolgekandidaten. Blop!, der gut in Mengenleere ist, greift mehrere Fliegen mit einer Klappe an: „Wie wäre es mit Coldy?"
„Als was? Als neuen Briefträger? Kriegst du zu viele Rechnungen und möchtest du das abstellen?"
„Nein, als neuen Ligavorsitzenden."
„Was befähigt ihn deiner Meinung nach dazu?"

„Nichts, aber vielleicht vergisst er die Klage gegen den Abstieg seiner Truppe, wenn man ihm mit dem Posten den Kinnbart krault."

Doch hier hinkt Blop! mit seinen lösungsorientierten Direktiven der Realität hinterher. Er ist zu klein geraten, um die auf den Tisch liegende Fachzeitschrift, in welcher der unabhängige und vor allem sich selbst, aber gelegentlich auch der Wahrheit verpflichtete Journalist Schreiberling in einem mehrseitigen Sonderteil auf die sportliche Lebensleistung sowie die alles und jeden überragende Saison des überaus großen Yiihas abfeiernd eingeht. Dadurch entgeht ihm auch die Information, dass Richter Ehrenwert vom zuständigen Gericht bereits die Anhörung aller Beteiligten durchgeführt hat und in Kürze mit einem Urteil zu rechnen ist.

„Was? Wie kann das denn sein? Warum habe ich davon nichts mitgekriegt? Wer hat denn die Argumente der Liga vertreten?"

„Nun ja, das war natürlich noch Hein Großwahn als Ligavorsitzender. Ein Anwalt durfte ihn begleiten, aber auf den hat er verzichtet."

‚Da schickt man den Typen schon in die Wüste, aber trotzdem wird man weiter von ihm heimgesucht. Jeder Stalker kann von dem was lernen', denkt Blop!.

„Warum hat mir keiner was davon gesagt? Warum reden die Menschen nicht mit mir über so was? Ich bin doch Blop!", nennt Blop! die Dinge beim Namen.

„Genau das ist das Problem", erläutert der hilfsbereite Ostseepate. „Die Menschen sprechen lieber mit Leuchtturmverkäufern oder Versicherungsvertretern, die dringend noch Umsatz im laufenden Monat brauchen, oder auch mit liederlichen Betrügern, die sie bis auf den letzten Cent ausnehmen wollen, als mit dir. Sie finden diese Individuen einfach angenehmer im Umgang, verstehst du?"

Blop! winkt ab und will sich auf den aktuellen Stand der Dinge zu bringen. Er denkt daran Großwahn anzurufen, verspürt bei diesem Gedanken aber starken Schwindel und stellt halb erleichtert und halb entsetzt fest, die Nummer schon gelöscht zu haben.

„Haben wir die Nummer vom Herrn Richter?"

„Meinst du den Proktologen? Hast du etwa wieder Probleme mit ..."

„Nein, ich meine den Richter, der Coldys Einspruch bearbeitet."

Der Ostseepate, der mit einem nordamerikanischen Geheimdienst kooperiert und gegen eine monatliche Gebühr einen Flatrate-Zugriff auf die gesammelten Daten der Schlapphutträger erhält, nickt und klatscht zweimal kurz in die Hände.

„Ist Richter Ehrenwert des Wen-sonst-keiner-zuständig-ist-Gerichts, das gerade mit Coldys Einspruch beschäftigt ist, telefonisch erreichbar?"

„Nein. Momentan befindet er sich auf Coldys Einladung in der Oben-und-manchmal-auch-anderswo-ohne-Bar eures alten Bekannten Eff", erklingt eine Stimme aus dem Off. „Man feiert dort das anstehende Urteil im Namen des Volkes, durch das sich Coldys Club den Klassenerhalt sichert. Frau Ehrenwert versucht übrigens auch, ihren Mann zu erreichen, doch sein Anrufbeantworter hat sie mit Hinweis auf einen Ortstermin auf später vertröstet."

„Ortstermin ist ja nicht einmal direkt gelogen", schürzt der Ostseepate anerkennend die Lippen, während Blop! sich suchend umschaut, den zur Stimme gehörenden Korpus aber nicht ausfindig machen kann und fast ehrfürchtig fragt: „Ist *Er* das?"

Blop! hofft, des dem nicht so ist, denn das wäre tatsächlich Konkurrenz auf ... naja, nicht auf Augenhöhe, denn Gott ist groß, aber irgendwie ist diese Stimme aus dem Nichts etwas befremdend für Blop!, der sich selbst gern als *Er* betrachtet und über eine weitere Erscheinung mit diesem Anspruch keineswegs erfreut wäre.

„Ja", bestätigt der Ostseepate, „das ist er. Rudolph 'Red' Nose, mein persönlicher CSR und Ansprechpartner für kurzfristige Informationsbeschaffung."

„Wofür steht CSR?"

„Christlich-sozialer Repräsentant, oder so ähnlich."

„Und er beschafft dir legal diese Informationen?"

Der Ostseepate lacht über Blop!s unfreiwillige Komik, die sich nicht nur auf Körpergröße und Frisur beschränkt, sondern auch in seinen Fragen Eingang findet.

„Legal, illegal ... das sind doch spießige, langweilige und längst überkommene Kategorien. Im Zeitalter transatlantischer Freihandelsabkommen sind das romantische Erinnerungen. Watch out, Blop!, mach die Augen auf und leg Dir 'ne Frisur zu. TTIP, das heißt ‚Transatlantischer Terrorangriff auf Ihre Privatsphäre'."

„What the fuck ... wovon redest du, Mann?"

„Die Kunst ist es, sich die Gegebenheiten nutzbar zu machen. Stimmt's, Red?"

„Yeah!"

„Sag uns bitte noch, wann der Richter wieder ansprechbar sein wird?"

„Hat schon gut einen im Schuh, aktuell 1,5 Promille Blutalkohol. Wir halten ihn gleich mal an, wenn er am Steuer seiner Limousine sitzt, und erschrecken ihn ein bisschen. Wir haben extra ein paar Kollegen in Polizeiuniformen gesteckt. Wird lustig sein zu sehen, wie er sich da herauswinden will."
„Ihr nehmt ihm den Führerschein aber nicht wirklich ab, oder?"
„Doch."
Blop! ist verwirrt: „Aber wenn es doch keine echten Polizisten sind, können sie ihm doch nicht den Führerschein abnehmen. Wie soll das gehen?"
„Warum denn nicht? Wichtig ist doch nur, was der Richter glaubt. Wenn er glaubt, echte Polizisten haben ihn betrunken beim Autofahren erwischt, erzielt es die gewünschte Wirkung. Wir können Coldy sogar den Bart abnehmen, wenn es sein soll", erklärt Red. „Wir haben nur keinen Auftrag dafür."
„Der Auftrag bleibt wie besprochen", sagt der Ostseepate mit mafiöser Souveränität.
„Was macht Coldy eigentlich?", fragt Blop! die Stimme aus dem Off.
„Sag es ihm, Red", erteilt der Ostseepate die Freigabe für die Information. Da Blop! kein zahlender Abonnent des Dienstes ist, hat er eigentlich keinen Anspruch auf diese Information, doch der Ostseepate gibt einen aus.
„Lässt sich von einer slowakischen Nachwuchstänzerin den Bart bleichen und die Brusthaare ondulieren."
„Nicht schlecht", bestaunt Blop! die Möglichkeiten des Ostseepaten. „Wie bist du daran gekommen?"

„Der Manager von Eiderdaus hat mir den Tipp gegeben. Du weißt ja, die da drüben haben traditionell eine viel entspanntere Einstellung zum Thema Observation. Zumindest einige."
„Verstehe."
„Und Kontakte zu alten Freunden werden dort gepflegt, ganz egal, welche Währung fließen muss. Ostmark, Westmark, Euro, Dollar, Rubel, das ist alles egal, aber so bleiben Kontakte bestehen."

Nachdem
Coldys Brustbehaarung versehentlich von der eher hübschen als handwerklich geschickten Danka angesengt worden ist hat man mit einer Flasche Puffbrause versucht, den Flächenbrand einzudämmen. Da die Flasche nur noch halb voll war, ist das ehrgeizige Unterfangen gescheitert und das Gebäude bis auf die Grundmauern abgebrannt. Die im Club arbeitenden Frauen nehmen sentimental Abschied von Eff und seinem Etablissement, der sich an der brennenden Ruine des Gebäudes die Hände wärmt: „Unter der Brücke schlafen können wir auch zu Hause", sagen die meisten Stripperinnen und verlassen die Szenerie.
„Wann wohl die Feuerwehr kommt?", fragt sich Richter Ehrenwert und guckt auf die Uhr. Eigentlich ist es für ihn längst an der Zeit, von als Polizisten verkleideten Schlapphutträgern entführerscheint zu werden, doch die Uhren gehen heute anders als in Nordamerika gestellt, denn niemand hat mit der entwaffnenden Ungeschicklichkeit Dankas gerechnet.
„Tja, das sind Auswirkungen der sogenannten Flüchtlingskrise", erklärt Eff. „Weil ständig irgendwelche Idioten meinen, Unterkünfte für Bedürftige anstecken zu müssen, ist die Feu-

erwehr so stark ausgelastet, dass sie zufällig entstehende Brände kaum noch löschen kann. Sie passen nicht mehr in ihren Zeitplan."

„Was machst du nun, Eff?", fragt Coldy eher aus Langeweile als aus Interesse.

„Einer wie ich findet immer was", zuckt er die Achseln. „Bin ein gefragter Typ. Du willst doch bald in Rente gehen, wie man hört, Coldy. Um abdanken zu können, brauchst Du aber einen geeigneten Nachfolger. Ich meine, einer weiteren Saison in der ersten Liga steht ja nichts im Wege, wenn ich Ehrenwerts Gelalle an der Theke richtig verstanden habe. Stimmt doch, oder?"

„Hicks!", bestätigt der Richter.

„Also, Coldy, wie wäre es mit mir? Ich bin dein Mann!"

Coldy braucht ein wenig Zeit, um sich von dieser Vorstellung und einer damit einhergehenden spontanen Panikattacke zu erholen.

„Tja, also, weißt Du ..." stockt es aus Coldy heraus, der es sich nicht mit Eff verscherzen möchte. Irgendetwas von Interesse wird der sicher irgendwann mal wieder am Start haben, weshalb die diplomatischen Beziehungen bestehen bleiben sollen, doch ihn als den Nachfolger auf dem nordostwestfälischen Königsthron zu hieven erscheint Coldy so sinnvoll wie pubertierenden Teenagern oder Bibi Krause mit Vernunftargumenten zu begegnen. Andererseits, wer soll es sonst machen? Wieder kommt ihm der Gedanke an eine Fusion mit den Tussen aus dem Nachbardorf. Ein Gedanke, der für Coldy trotz aller Überlegungen und vergeblicher Suche nach Alternativen immer noch so angenehm wie eine Darmverschlingung ist. Die Zeit aber, erkennt der Träger des hippsten Kinn-

barts in ganz Nordostwestfalen, entwickelt sich pro Fusion, denn der benachbarte Verein hat mittlerweile kaum noch Zuschauer in seiner Halle, die sich daran stören würden. Das bedeutet allerdings auch, dass man sich mit einer Fusion wird beeilen müssen, da sonst schlicht keine Masse der Tussen mehr vorhanden wäre, mit der man die Kernschmelze eingehen könnte.
Quietschende Reifen und ein Bremsmanöver wie in billigen C-Movies bringen Coldys ohnehin trägen Gedankenfluss zum völligen Erliegen. Aus dem Wagen springen zwei Typen heraus, die eine optische Ähnlichkeit mit den Agenten Blue und Orange aufweisen, aber in Polizeikostüme gezwängt worden sind.
„Richter Ehrenwert?"
Stets im Dienst für die Gesellschaft und das Recht sind Richter staatstragende Säulen der Justiz. Ehrenwert erkennt, dass die Männer in einer wichtigen Ermittlungssache seiner Unterstützung bedürfen. Vermutlich ist die Frage, ob es sich hier um Brandstiftung handelt oder nicht, und vielleicht haben die Beamten bereits einen Tatverdächtigen und brauchten nun die Hilfe eines fähigen Richters.
„Ich bin breit. Bereit, hicks, meine Herren.",
„Wir haben eine Nachricht für Sie, Richter Ehrenwert."
Orange schnippt mit dem Finger und die Stimme aus dem Off ertönt: „Richter Ehrenwert, wie wir aus gewöhnlich gut informierten Kreisen ..."
„Hä? Wer spricht da?" Ehrenwert kniet nieder. Es ist unklar, ob er aus Gründen religiöser Ehrfurcht zu Boden geht oder weil er sich nicht mehr länger auf den Beinen halten kann. „Ist *Er* es?""

„Das kann man so sagen", bestätigt Blue.
Kaum kommt eine Stimme aus dem Nichts und die Menschen finden keinen brennenden Busch, hinter dem sich ihr Besitzer verstecken könnte, reagieren sie komisch. Ehrenwert bewegt sich nicht mehr, so als sei er zur Salzsäule erstarrt. Möglicherweise möchte er *Ihm* damit demonstrieren, auch eine Stelle aus der Bibel zu kennen.
„Wie wir durch …"
„Herr, ich habe eine Frage an dich, hicks, wenn es gestattet ist."
Eigentlich ist es nicht üblich, dass *Er* sich zur Beantwortung etwaiger Fragen aus der Herde der Schäfchen herablässt, doch Red hat einen Augenblick großzügigen Moment.
„Bitte, mein Sohn."
„Wenn es dich wirklich gibt … wenn es dich wirklich gibt, Herr, dann sage mir, warum Schalke damals nur für vier Minuten Meister sein durfte. Warum hast du zugelassen, dass durch diesen ungerechtfertigten Freistoß noch …"
Red Nose hat zwar keine Ahnung, was ein Schalke ist, da er als echter US-Amerikaner selbstverständlich nicht den geringsten Schimmer davon hat, was auf dem europäischen Kontinent so Sache und populär ist, aber er reagiert souverän: „Du hast kein kostenpflichtiges Abonnement, also stellst du hier auch keine Fragen mehr. Also, noch mal von vorn. Wie wir durch das Abhören deiner Telefonate wissen, hast du in Sachen der Klage gegen den Abstieg der Nordostwestfalen eine Entscheidung getroffen."
Der Kopf des Richters dreht sich suchend in alle Richtungen. Zum Glück ist sein Hals kein Gewinde, würde der Kopf doch dann längst abgeschraubt auf dem Boden liegen.

„*Er* ist wohl unsichtbar", mutmaßt Eff, woraufhin Richter Ehrenwert ein angemessenes „Mein Gott" entfährt. Coldy fragt sich misstrauisch, was die Polizisten von seinem Richter wollen. Und was für eine Religion das sein soll, die ein kostenpflichtiges Abonnement für die Beantwortung elementarer Fragen verlangt.

„Richter, du kennst mich nicht, aber ich kenne dich", sagt das Off. Ehrenwert nickt und hickst eifrig. Soweit kann er folgen.

„Dein Diener, Herr!"

Coldy runzelt die Stirn, als der Richter von Bekehrung und Erleuchtung faselt.

„Genau. Du sollst also Recht sprechen, wie es dir dein Herr befiehlt. Und nicht so, wie es die Typen in Spendierhosen von dir wollen."

„Gebt dem Herrn, was des Herrn ist!"

„Ich sehe, wir verstehen uns."

Red kann vom Richter alles bekommen, was er will. Dumm nur, dass Ehrenwert keine dralle Blondine ist.

„Höre, was ich dir zu sagen habe und folge meinem Befehl. Es sollte dir nicht allzu schwer fallen, deine Ehe funktioniert ja genauso."

„Was? Aber woher weißt du, Herr, dass ich …"

„Der Herr ist allwissend. Schon mal davon gehört?"

Red stellt sich vor, wie es ist, tatsächlich alles zu wissen. Allein die Vorstellung ist unerträglich. Als Geheimdienst-Mitarbeiter weiß man schon mehr über die Menschen, als gut für die eigene geistige Gesundheit ist. Der Privatmann Rudolph ‚Red' Nose ist großer Befürworter des Datenschutzes und größtmöglicher Datensicherheit, denn er kennt erbärmlich viele und viele erbärmliche Geheimnisse von Menschen, die einer glücklicheren Umwelt verborgen bleiben. Oder wäre die Wohlfahrt in diesem Land größer, wenn allgemein bekannt wäre, welches Regierungsmitglied sich morgens von seiner Ehefrau die Fußnägel in der Farbe seiner Partei lackieren lässt, bevor er sich den Lobbyisten und, wenn auch nur in Wahlkampfzeiten, dem Volk widmet? Oder ist es wünschenswert zu wissen, welcher Fußball-Profi sich einen Rektalspiegel gebaut hat, um jederzeit über das Wachstum seiner Hämorrhoiden unterrichtet zu sein? Kein Wunder, dass der echte Allwissende für den Moment mal untergetaucht ist.

„Also, Richter Ehrenwert – mein Sohn –, höre meine Worte. Du musst dein Urteil überarbeiten. Die Nordostwestfalen müssen in die zweite Liga. Es gibt keine Aufstockung der Liga in diesem Jahr. Hast du das verstanden?"

Der Richter nickt, während Coldy protestiert: „Das ist doch Betrug", stört Coldy sich auf einmal an krummen Vorgehensweisen.

„Nein", sagt der ergriffene Richter, „das ist gottgewollt." Er fixiert einen Punkt am Himmel , an dem er jemanden sieht oder wenigstens vermutet. Coldy hofft auf eine Taube, die Ehrenwert gleich gekonnt auf den Kopf köddelt.

„Die spinnen doch beide", regt sich Coldy darüber auf, einen Richter nicht so einfach wie einen Trainer austauschen zu können, während Red ungerührt nachlegt und auf Nummer sicher geht: "Nicht nur gottgewollt, mein Sohn, es ist auch frauegewollt. Auch deine Frau will, dass die Nordostwestfalen in die zweite Liga gehen."

„Ach, was hat die denn gegen uns?", wundert sich der Manager der Nordostwestfalen.

„Sie hat das billige Manöver enttarnt, mit dem ihr euer sportliches Versagen kaschieren wollt. Und *Er* hat das auch."
„Wer, *Er*?", will Coldy wissen. „Du? Wieso sprichst du von dir in der dritten Person? Das macht die Sache kompliziert."
„Eine Frage des Stils", grollt Red aus dem Off und unterlegt seiner Stimme etwas Donnerhall und Vulkangrummeln aus dem Archiv des Geheimdienstes. Das kommt immer gut an und macht Skeptiker zumindest vorübergehend mundtot. „Und weil ich *Er* bin."
Das Ehepaar Krause trifft im allgemeinen Schweigen und vorherrschender Nachdenklichkeit am Brandherd ein. Während Titi in der Asche, zu der Bühne und Tanzstange geworden sind, ein Zeichen sieht, sich auf den Beruf als Managerin ihres Mannes zu konzentrieren – eine Arbeit, die auch die einer Pflegerin und einer Betreuerin beinhaltet und deshalb gar nicht hoch genug eingeschätzt werden kann –, beweist Mimi ungeahnte Empathie und denkt an Fritze, den Nebenerwerbsrentner: „Es ist schlimm, wenn jemand sein Dach über den Kopf verliert. Fritze muss sich doch jetzt wie ein Obdachloser fühlen."
Titi erinnert sich für einen warmen Augenblick daran, warum sie diesen Mann geheiratet hat. Bevor sie den Gedanken zu fassen bekommt, macht Bibi ihn aber wieder zunichte: „Vielleicht hat ja Fritzes Frau aus Eifersucht den Brand gelegt?"
Prompt kehrt die alte Ratlosigkeit zurück und ersetzt die eben noch vorhandene Erinnerung. Zum Trost verspricht die Managerin Titi der Ehefrau Titi, den Ehevertrag nachzuverhandeln, was diese dankbar zur Kenntnis nimmt. Während die Ehefrau das Köpfchen ihres Mannes kühlen möchte, denkt Tiiti, die Managerin, bestenfalls daran, mit der Faust auf seinen Kopf

zu hauen. Für Sekundenbruchteile gibt es auch andere Bilder im Kopf der Managerin, doch passen diese nicht unbedingt in den Kontext dieses allgemein gewaltfreien Buches, weshalb der Autor den Mantel des Vergessens und der Liebe über diese Szene legt. ‚Phantasie der Redaktion bekannt', halten wir fest und richten unser Augenmerk wieder auf Richter Ehrenwert, der Coldy an die Seite genommen hat.

„Vielen Dank für diesen Abend im abgebrannten Etablissement, Coldy. Das war … hicks … sehr interessant. Nun ja, wie auch immer, nach reiflicher Überlegung muss ich dir sagen, dass ihr leider doch abgestiegen seid. Tut mir leid."

„Ehrenwert, bist du bekloppt? Woher kommt dieser Sinneswandel?"

„*Er* will es so."

„*Er*? *Er* ist doch ein …"

„Vorsichtig", donnergrollte Red. „Versündige dich nicht, Coldy."

Coldy verdreht die Augen. Okay, sagt er sich, wenn es mit schmeichelnder Bestechung nicht geht, muss es eben mit brutaler Erpressung gehen. Also noch mal das Ganze, aber dieses Mal ohne Gleitmittel: „Ehrenwert, ich sage deiner Frau, wo wir heute Abend waren und was wir …"

„Ähm," erklingt es aus dem Off.

„Du gehst mir auf den Sack, Mann!", regt sich Coldy auf: „Mir platzt gleich der Arsch!"

„Was? Das kannst du doch nicht zu *Ihm* sagen!", ist Ehrenwert bestürzt über die deutliche Missachtung des wirklich hohen Gerichts. Wann ist der Tatbestand der Blasphemie erfüllt? Ehrenwert, der gerade die weltlichen Paragrafen einigermaßen auf die Reihe bekommt, hat keine Ahnung, aber *Er* reagiert ruhig und besonnen.

„Coldy, du möchtest dieses Fass gar nicht aufmachen, glaub mir. Ansonsten müssten *Wir* deiner Frau nämlich sagen, wo Du vor vier Tagen gewesen bist."

„Oh … äh …"

„Wie wirst du ihr erklären, dass dort bis heute noch dein Schlüpfer auf dem Kronleuchter hängt und lustige Schatten in den Saal wirft?"

„Naja … trotzdem ist es ja …"

„Wir müssten ihr auch erzählen, dass du vor neun Tagen gar nicht beim Zwergenspiel der Nordostwestfalenauswahl gegen die Lipperlandauswahl warst, sondern stattdessen …"

„Jaja, schon gut."

„Und vor 13 Tagen warst du …"

„Ja doch, es ist ja gut."

„Warum vor 19 Tagen deine Unterhose angebrannt wurde, während der Rest deiner Kleidung unversehrt geblieben ist, wird für deine Frau auch interessant sein zu …"

„Es ist ja gut jetzt, mein Gott."

„Vor 23 Tagen ist auch etwas Interessantes passiert. Man hat dein Brusthaartoupet …"

„Meine Fresse, ja! Ich habe verstanden, wir spielen nächstes Jahr zweite Liga! Eff, komm mal zu mir."

Eff, der in der Zwischenzeit ein bisschen telefoniert hat, schaut Coldy an und hofft, niemals einen derart dämlichen Bart zu tragen, wenn er einmal in Coldys Alter ist.

„Yo?"

„Willst du mein Nachfolger werden? Auch in der zweiten Liga?"

Doch da lacht der Eff. Er hält es für einen Witz und blinzelt irritiert, als Coldy nicht mitlacht. Ist das etwa sein Ernst? Das ist ja fast schon ein Affront, denkt sich Eff und sucht moderate Worte.

„Sag mal, Coldy, wirke ich auf dich in irgendeiner Art und Weise zweitklassig, oder warum bietest du mir so was überhaupt erst an? Ich bin doch einer für die Premium-Produkte. Du kannst mich doch nicht in den Niederungen der zweiten Liga verstecken. Ich kann verstehen, dass du keine Lust auf zweite Liga ist. Ich auch nicht. Und wenn du uns beide miteinander vergleichst … wenn du einfach mal unsere Bärte miteinander vergleichst, dann sieht man doch, wer oder was hier zweitklassig ist, oder nicht?"

Ausnahmslos

setzt sich Qualität durch. In der Politik gilt das so wie im Sport, im Sport gilt das so wie in der Wirtschaft. Wenn die Qualität stimmt, braucht man nicht zu manipulieren. Fragen Sie doch mal bei einem beliebigen niedersächsischen Automobilhersteller nach. Würde dort etwa jemand auf die Idee kommen, etwaige Mess- oder Testergebnisse zu manipulieren? Nein, denn das hat man doch überhaupt nicht nötig. Das würde ja quasi das gleiche sein wie Doping im Sport, und wer glaubt schon, dass es das wirklich gibt? Würde denn wirklich jemand den Olympischen Geist oder auch nur die Regeln der Fairness, die Sportler doch mit den ersten Fieberzäpfchen in sich aufnehmen, derart mit Füßen treten? Nur wegen der einen oder anderen Million? Kaum vorstellbar, sagen Sie?

Gut. Wählen Sie dann bitte auch weiterhin genau die Parteien, die Sie bislang gewählt haben, aber viel wichtiger: Schränken Sie keinesfalls den Konsum Ihrer Drogen, ganz gleich, ob diese legaler oder illegaler Natur sind, ein. Ändern Sie auch nichts an der Medikation, der Sie derzeit unterliegen, denn wenn die Welt nicht schön ist macht das gar nichts, wenn sie einem schön vorkommt. Sind wir doch mal ehrlich: Wem geht es denn wirklich besser als etwa dem männlichen Insassen einer betreuten Einrichtung mit geregeltem Ausgang, der sich für Helene Fischer hält und sich ob seiner Popularität Gedanken darüber macht, ob er zukünftig nicht etwas kürzer treten sollte?

Hein Großwahn glaubt nach wie vor an das Gute im Menschen, vor allem im Handballer. Seine Grundhaltung und sein Optimismus erweisen sich als unverwüstlich. Mithilfe dieser Eigenschaften hat er es geschafft, Hastu Moussakas Auftrag – „Bau mir eine finalwürdige Halle!" – zu erfüllen und es auch hinbekommen, sein Versprechen an den Chef des Organisationskomitees – „Ich bau Dir ein Schloss!" – einzuhalten.

„Hast du Töne", staunt Hastu. „Wie hast du das gemacht? Alle verfügbaren Bauarbeiter auf der arabischen Halbinsel sind mit der Errichtung der Einwegstadien für die Fußballweltmeisterschaft in ein paar Jahren beschäftigt."

Großwahn winkt ab und verweist auf ein Abkommen zur Überlassung von Arbeitskräften, dass er mit seinem alten Spezi iduR getroffen hat. In iduRs Betrieb waren große Einschnitte erforderlich geworden, da er dem Verein aus der norddeutschen Großstadt mit dem Mietwappen, diesem Club mit der schier unvorstellbaren Strahlkraft, einmal mehr den Arsch respektive die Lizenz gerettet hat. Nach kurzer Abwägung, was ihm wichtiger ist, hat iduR sich zur Sicherung der Arbeitsplätze der Handballprofis und zum Abbau von zig Arbeitsplätzen in seiner Firma entschieden. Seine ehemaligen Mitarbeiter waren froh, dass iduR in seinen Eigenschaften als verantwortungsvoller Firmenchef, seriöser Geschäftsmann und generöser Menschenfreund gleich eine neue Aufgabe für sie vermitteln konnte. Da iduRs ehemaligen Angestellten und Arbeiter nicht mehr als Probanden für seine Haschzäpfchen her- bzw. hinhalten mussten, entwickelten sie einen ungeahnten Tatendrang, der den von iduRs Handballern bei Weitem überstieg, weshalb das Bauvorhaben in Rekordzeit abgeschlossen werden konnte.

„Dir steht eine Belohnung zu", befindet Hastu Moussaka.
Gelegentlich bestehen die in diesen Breitengraden aus einer gewissen Anzahl an Jungfrauen, doch kam das für Großwahn nicht infrage. Er war glücklich verheiratet. Vor allem, seit er räumlich von seiner Frau getrennt ist, gewinnt die Ehe für alle Beteiligten mehr und mehr an Qualität hinzu.

„Was möchtest du dann? Gold? Erdöl? Feigen?"
Doch für einen wie Hein ist die Entwicklung der Sportart mit nichts aufzuwiegen. Jetzt hat er eine Vision, die all seine bisher da gewesenen Ideen sprengt. ‚Think big' war gestern, jetzt geht er einen Schritt weiter. Hatte er tatsächlich einmal Lui, den mittlerweile als Wirtschaftsflüchtling von einer benachbarten Alpenrepublik aufgenommen Ex-Inhaftierten und ehemaligen Manager des deutschen Fußball-Ewigkeits-Meisters, darum gebeten, ein Handball-Team zu gründen, um in der Diaspora des Handballs bundesligatauglisches Leben zu erschaffen?

Ja, das hatte er tatsächlich getan. Und nicht nur das. Er hatte auch versucht Lui davon zu überzeugen, die Strahlkraft im Norden der Republik für die Liga zu erhalten und mit seinem

Engagement zu verhindern, dass diese Lichtquelle erlischt, doch verglichen mit dem, was nun in Großwahns Kopf vor sich geht, sind das geradezu kindische Ideen gewesen. Außerdem zeigt sich Hastu Moussaka wesentlich entgegenkommender als Lui, der es sich seinerzeit in einem letzten Telefonat ziemlich einfach gemacht hatte: „Alter, nimm doch deinen Handball und steck ihn dir in …"
In der Sekunde waren die Telefonverbindung ab- und der anfangs so zielführend erscheinende Kontakt zu Lui zusammengebrochen.
„Gib mir freie Hand!", sagt Hein zu Hastu, „und ich werde nicht nur dein Land, sondern auch deinen Club zu Ruhm und Ehre auf dem Handballfeld führen."
„Meinen Club?"
Moussaka fragt sich, ob er etwas vergessen hat. Sein Portfolio ist sehr umfangreich, man kann also durchaus mal den Überblick zwischen den Ölfeldern, Beteiligungen als Investor und Übernahmen als Heuschrecke verlieren, doch wofür hat man einen Sohn? Er schnippt einmal mit den Fingern, und schon steht sein vielseitig desinteressierter Sohn Musstu Moussaka wie aus Aladins Wunderlampe materialisiert neben ihm.
„Musstu, besitze ich schon einen Handballverein?"
„Nein."
„Warum nicht?"
„Naja, du bist Verbandschef und deswegen zur Neutralität verpflichtet, o merk… ehrwürdiger Vater. Wenn du jemanden brauchst, der einen Verein gründet, nimm mich – deinen Sohn Musstu."

„Du musst wissen, Hein", gibt Hastu seinem Mitarbeiter aus Deutschland eine kurze Einführung in sein Familienleben, „Musstu ist der Sohn meiner Lieblingsfrau ... äh ..."
„Mussja", springt Musstu hilfsbereit ein.
„Ja, genau. Hast du verstanden, um was es geht, Musstu?"
„Ich nehme dein Geld, merk ... ehrwürdiger Vater, und gebe es gemäß der Anweisungen des Größenwahnsinnigen aus?"
„Genau. Und um deinen Vater zu ehren, nennst du deinen Club HC Hastu. Verstanden?"
„Ja", nickt Musstu. „Muss ja wohl so sein."
„Gut", sagt der neue Manager des HC Hastu und macht sich sofort an die Arbeit. Sein erster Anruf gilt Schreiberling, den er aus dem Bett klingelt.
„Schreiberling, ich habe eine Wahnsinnsgeschichte für dich", schüttet er das Füllhorn der Begeisterung über den Journalisten aus, der jedoch betrübt vermeldet: „Ich bin gefeuert. Man hat mich durch einen Bullshitgenerator ersetzt. Sie sagen, er sei günstiger in der Unterhaltung. Und seine Schreibe sei origineller."
„Was? Das ist ja tragisch. Ich habe hier die Geschichte deines Lebens für dich, und du? Was machst du jetzt?"
„Ich schreibe ein Buch über Blop!"
„Was? Ein Buch über Blop!? Wieso das denn?"
„Nun, er ist eine so bedeutende und wichtige Persönlichkeit der Zeitgeschichte, dass jetzt einfach ein Buch über ihn geschrieben werden muss. Findet Blop! jedenfalls. Deswegen bin ich nun sein Ghostwriter."
„Er diktiert dir das Buch?"
„Ja, aber nur, um Missverständnisse zu vermeiden. Sagt Blop!."

„Was gibt es sonst Neues in der Heimat?"
„Deine Frau lässt dich grüßen."
„Ah ja. Sehr aufmerksam. Schönen Dank auch. Und sonst?"
„Eff geht unter die Spielerberater."
„Im Ernst?"
„Ja, sein … äh … Tanzlokal ist ja abgebrannt, also braucht er eine neue Aufgabe"
„Ja, ich weiß auch nicht, ob Immobilien auf Dauer seine Sache sind."
„Tja. Der Bullshitgenerator hat neulich einen Artikel geschrieben, in dem von Ermittlungen der Staatsanwaltschaft gegen ihn wegen des Verdachts von Brandstiftung und Versicherungsbetrug berichtet wird. In dem Artikel heißt es auch, dass der ungewöhnlich große Yiiha und Bibi Krause ihn beauftragt haben, einen neuen Arbeitgeber für sich zu finden."
„Ah ja, das ist interessant. War er schon erfolgreich?"
„Bis jetzt nicht. Die Voraussetzungen sind aber auch nicht einfach. Bibi Krause wurde von seinem Verein bei vollen Bezügen in den einstweiligen Ruhestand versetzt. Er kommt zwar ohne Sperre davon, weil der formelle Antrag auf eine Sperre vergessen wurde zu stellen, aber der Club hat genug von ihm. Sie sagen, wie wollen keinen Betreuer für ihn einstellen, deshalb können sie ihn nicht behalten. Der Verein ist sogar bereit eine angemessene Ablösesumme zu zahlen, falls sich jemand findet, der ihn haben will. Sie würden ihn also nur zu gern in die Wüste schicken. Tja, und der früher mal echt starke Yiiha hat mit einem Sitz- und Hungerstreik einen Aufhebungsvertrag bei seinem alten Verein erreicht."
„Das sind ja wunderbare Neuigkeiten", freut sich Großwahn.

„Naja, wie man es nimmt. Yiiha hat sich verzockt. Er hat seinen Marktwert falsch eingeschätzt, was er im Übrigen, wie er sagt, stümperhaften Schreiberlingen wie mir zu verdanken hat. Naja, die erhofften Angebote sind nicht für ihn eingegangen, zumal die Krabbenpuhler eine horrende Ablösesumme verlangt haben. Dann wollte der ziemlich planlose Yiiha seinen laufenden Vertrag verlängern, doch als die Krabbenpuhler gemerkt haben, wie sehr er unter Druck steht, haben sie ihm nur zwei weitere Jahre bei freier Kost und Logis angeboten. Tja, dann hat der ganz schön beleidigte Yiiha aus Protest nichts mehr gegessen, und ganz schnell ging sein Gewicht herunter und damit auch seine körperliche Kraft. Bis er so schwach wurde, dass er kaum noch einen Sprungwurf hingekriegt oder einen Zweikampf auf dem Feld gewonnen hat. Körperlich ist er im Moment kaum in der Lage, im Armdrücken gegen seinen achtjährigen Sohn zu bestehen. Dann hatten beide Seiten endlich genug voneinander und haben den Vertrag aufgelöst. Nun ist er frei für Angebote, was er ja eigentlich erreichen wollte."

Kaum ist das Gespräch mit Schreiberling beendet ruft Hein bei Eff an und lädt ihn sowie das von ihm betreute Humankapital zu einem Besuch im Wüstenstaat ein. Nur zwei Tage später landet die Maschine, die vom inzwischen von den Erben des griechischen Reeders Onassis gekauften Frankfurter Flughafen gestartet ist, im Handball-Schlaraffenland und spuckt Bibi Krause und den ganz schön dürren Yiiha in den Wüstensand. Die Spieler werden von Bibis Frau und Eff begleitet, der sein Heimatland derzeit eigentlich nicht verlassen darf, doch der gute alte Rudolph ‚Red' Nose schuldete ihm noch einen Gefallen und organisierte im Handumdrehen einen täuschend ech-

ten falschen Pass. Für einen Mann mit Reds Verbindungen und Möglichkeiten ist das so einfach, wie auf die Toilette zu gehen.
Eff taxiert das Flughafenareal und sondiert die Chancen zur Installation eines Schweinegrills, während sich der ganz schön schlank gewordene Yiiha fragt, wie viel Zuschlag er für die brütende Hitze in dieser Region der Welt verlangen kann. Eff hat auf dem Hinflug mehrfach den Rat gegeben derartige Fragen getrost ihm, den Manager, zu überlassen, doch obwohl er dem nicht ganz unkritischen Yiiha versprochen hat, etwaige nicht optimale Vertragsabschlüsse aus der Vergangenheit mehr als nur wieder auszubügeln, ist der Spieler nicht vollkommen beruhigt.

Begleitet von Musstu, dem gönnerhaften Sohn des Clubstifters und seinem persönlichen Assistenten, nimmt Großwahn die Delegation aus seinem Heimatland, die in ihrer Mitte einen Überraschungsgast birgt, in Empfang.
„Der Eiermann", ruft Großwahn aus und erinnert sich an das Telefonat mit dem Vertreter des Aufsteigers Eiderdaus, der Probleme mit dem Stuhlgang der Zuschauer hatte. „Was willst du denn hier? Hat dir die Regierung kein Gehör geschenkt? Willst du jetzt auf internationalem Parkett dein Klagelied anstimmen?"
Eiermann und Großwahn blicken sich in die Augen. Eine Freundschaft fürs Leben hat sich zwischen den beiden Männern schon am Telefon angebahnt, und jetzt, in diesem Augenblick, wird sie bis in alle Ewigkeit besiegelt.

„Wer hat dir denn die Ausreisegenehmigung erteilt? Das gefährdet doch sicher die internationalen Beziehungen, wenn du hier bist", ist Eiermann schnell im Kalten Krieg–Modus.

„Du bist ja wahrscheinlich mit Diplomatenstatus unterwegs. Vermutlich hat man dich aufgrund deines kommunikativen Geschicks als Abgesandten, der den Konflikt zwischen Juden und Palästinensern moderieren soll, auserkoren. Welch gute Wahl, muss ich zugeben!", lässt sich Hein, der Profi, kaum provozieren. Da er es schon immer verstanden hat seine Antipathien geschickt zu verstecken, sehen nur die anwesenden Augenzeugen, dass er dem Eiderdauser den gestreckten Mittelfinger zeigt. Gleiches hat Bibi Krause auch schon getan, als ihm der umtriebige Manager während des Fluges einen streng leistungsbezogenen Vertrag angeboten hat. Bibi Krause schließt aus purer Vernunft, die ihm zumeist von Titi eingetrichtert wird, keine leistungsbezogenen Verträge ab, da es ihm schon schwer genug fällt, die Bedingungen der anwesenheitsbezogenen Kontrakte zu erfüllen.

„Was will der überhaupt hier? Ich habe ihn nicht eingeladen." Mit einer seinem Naturell entsprechenden konzilianten Geste legt Eff einen Arm um Großwahns Schulter und schiebt ihn dezent ein wenig zur Seite.

„Hein, der gute Hastu hat eine Firma für mobile Toiletten, wie sie zum Beispiel auf Baustellen verwendet werden, in seinem Portfolio. Eiderdaus kauft hier etwa 200 Einsitzer ..."

„Einsitzer?"

„Ja, das ist die gängigste Variante bei den Toilettenhäuschen. Zweisitzer erfordern doch eine gewisse Nähe und Intimität, die bei Besuchern einer Sportveranstaltung nicht immer gegeben ist. Du verstehst?"

„Äh … nein …"

„Das sieht dir ähnlich", winkt Eiermann, ab. „Wann hast du auch jemals etwas verstanden? Ich bin hier, um 200 Einsitzer – sprich: Toilettenhäuschen mit großzügigem Sichtfenster – zu erwerben, die wir dann auf die bereits bestehenden Sitze in der Halle aufsetzen. Das sind sozusagen Logen, denn diese Plätze sind abschließbar und ohne Schließmuskel … Schließmechanismus nicht frei zugänglich. Verstehst du jetzt? Es ist wie eine Duschkabine. Natürlich sind solche Plätze ein wenig teurer, aber wer nichts vom Spiel verpasst, obwohl er defäkieren muss, zahlt auch gern etwas extra dafür."

„Sie meinen … oh je … die Zuschauer sitzen in einer Kabine auf der Tribüne und ka … ka … äh … während des Spiels erledigen sie das?"

„Ja", sagt Eiermann und lächelt stolz über diese pragmatische Lösung.

„Ja, aber… die Toiletten sind doch dann nicht frei zugänglich? Wenn sie auf den Tribünen sind, und diese … äh … Plätze als Jahreskarten verkauft werden, sind sie ja quasi fest gebucht, oder nicht?"

Erneutes Achselzucken bei Eiermann: „Die Dufübes regeln das nicht so genau. Es steht natürlich jedem Besucher frei, mal bei einem Subscriber anzuklopfen, wenn man mal muss. Oft macht ja bei so was der Ton die Musik."

„Aber ist das denn nicht irgendwie unhygienisch?"

„Mann, sind Sie anstrengend. Ein Besserwessi und ein Bedenkenträger in Personalunion. Zum Glück ist der Ostseepate, also Ihr Nachfolger, aus einem ganz anderen Holz geschnitzt. Er hat uns bei genau dieser Frage geholfen. Er ist ein Pragmatiker, während Sie nur, um es freundlich zu sagen, ein Idi …"

Der in Fragen der Deeskalation bewanderte Eff legt einmal mehr seinen Arm um Großwahns Schulter und schiebt ihn zur Seite.
„Dank Ostseepates überparteilicher Vermittlungsbemühungen konnte ein profilierter Unternehmer aus der Gesundheitsbranche gewonnen werden, der mit all seiner Erfahrung und seinem riesigen Know-how technische Anpassungen an den Toilettenhäuschen vornehmen wird. Niemand in der Halle wird über Geruchsbelästigung klagen, denn der Partner ein neuartiges Luftmanagementsystem ..."
Bei diesen Worten wird es Großwahn ganz leicht ums Herz. Eff muss gar nicht weiter reden. Hein hat immer daran geglaubt und bei jeder unpassenden Gelegenheit darauf hingewiesen, wie groß die Strahlkraft seines Vereins ist, und nun kümmert sich der Vorsitzende des Clubs auch noch um die Probleme eines Aufsteigers.
„Du redest von iduR, oder?"
Eff nickt. Er staunt ein wenig, als ihm Großwahn um den Hals fällt und aus heiterem Himmel von Heimweh spricht. Ein Gedanke an iduR kann solche Reaktionen hervorrufen? Eff schüttelt den Kopf, doch wer ist er, einen Ball oder, in dieser Region der Welt wahrscheinlicher, einen Stein zu werfen?
Musstu bringt Eiermann schnell zu seinem Vater, damit die Unterschriften unter die Verträge gesetzt werden können. Der Mann aus Eiderdaus weiß, was sich gehört, und kommt nicht mit leeren Händen. Er legt Hastu eine Kette aus bunten WC-Steinen um den Hals, was einen Hauch von Südseefeeling verbreitet, wenn wir mal darüber hinwegsehen, dass in der Karibik eher die Einheimischen ihre Besucher mit Halsschmuck bewerfen und nicht umgekehrt. Erfreulich unkom-

pliziert und, für manche unerwartet, ohne diplomatische Schwierigkeiten werden die Verträge signiert. Eiermann befindet sich in Hochstimmung, als Musstu ihn nach Vertragsabschluss zurück in das Hotel bringt, in dem Großwahn auch seine Gäste aus Deutschland untergebracht hat.

Apropos Großwahn. Die Gedanken an iduR wollen nicht aus seinem Kopf. Jaja, die Strahlkraft. Merkt das denn sonst keiner in diesem Land? Naja, also hier, in diesem Land mit der vielen Wüste ja vermutlich tatsächlich nicht, aber sonst auch keiner?

„Eff, sag doch mal. Solche Typen wie iduR braucht die Liga doch, oder?

Eff schaut tief in sein Glas. Sicher, die Feten in iduRs Finca sind legendär, aber was ist ein Verein mit einem Mietwappen für ein Konstrukt? Andererseits ist man hier, in dieser Region der Welt, so weit ab vom Schuss, dass man niemandem, auch Großwahn nicht, einen Vorwurf machen kann, wenn man ihn nicht mehr hört. Angenehm weit ab vom Schuss, wie Eff findet, denn in Deutschland laufen gerade ein paar Ermittlungsverfahren gegen ihn, und man weiß ja nie so genau, wie die Justiz seine Rolle bei der Gründung einer Online-Hanf-Plantage und einigen anderen innovativen Projekten am Ende des Tages bewerten wird. Es liegt in der Pflicht des Chronisten darauf hinzuweisen, dass diesen Ermittlungen natürlich immer, ausnahmslos und überall Missverständnisse, Fehlinterpretationen und konsequent angewandte Unfähigkeit bei Geschäftspartnern, Staatsanwälten und nicht so ohne Weiteres treffend zu titulierenden lichtscheuen Individuen zugrunde liegen. Es kann jedoch noch eine Weile dauern, bis diese unumstößliche Wahrheit in Deutschland tatsächlich erkannt wird, weshalb Eff den Wüstenboden vorläufig als gar nicht so heiß empfindet.

Um seine Stimmung etwas aufzulockern, organisiert Eff für den Abend eine kleine Party, bei der Stripperinnen natürlich nicht fehlen dürfen. Während Titi Krause mit professionell bedingtem Interesse die Darbietungen der Kolleginnen kritisch betrachtet, sind die Männer nicht ganz zufrieden.

„Es wäre schon schön, wenn die Mädels keine Burka tragen würden", findet der geradezu zum Strich in der Landschaft gewordene Yiiha.

„Ich will ja entgegen meiner Natur nicht meckern", ergänzt Eiermann, „aber die guten, alten VES waren unterhaltsamer."

„VES?", fragt Titi.

„Wer hat den eigentlich eingeladen?", fragt Großwahn.

„Die Volkseigenen Stripperinnen. Ihr Wessis glaubt immer, alles zu wissen, aber in Wirklichkeit wisst ihr auch nur, dass es nachts dunkel wird."

„Nicht nur Ostalgiker, auch noch Philosoph", findet Bibi Krause und trainiert das Öffnen von Sektflaschen, denn stetes Training ist elementar, um einmal erreichtes Weltklasseniveau zu halten. Zu fortgeschrittener Stunde tanzt seine Frau probeweise den Stangentanz in einer Burka, nachdem sie sich mit einer der heimischen Tänzerinnen verschwestert hat, während Bibi zu neuen Ufern aufgebrochen ist und die Sektflaschen nun mit dem Säbel öffnet. Die Bestände des Hotels an Champagner, Sekt und Puffbrause neigen sich dem Ende zu, als Eff den optimalen Zeitpunkt zur Einholung von Unterschriften, den er aus langjähriger Erfahrung aus dem Eff-Eff kennt, gekommen sieht und Titi Krause bittet, für ihren Mann zu unterschreiben.

„Oder darf er das wieder selbst?"

„Er darf ohne Rücksprache mit mir entscheiden, ob er im Spiel nun zum Kreis durchzubrechen oder lieber ein Anspiel an den Kreisläufer oder einen anderen Rückraumspieler versucht. Um den Rest kümmere ich mich", erklärt Titi, greift sich den Vertrag, überfliegt ihn und moniert, dass beim Monatsgehalt eine Null fehlt. Als Hein Großwahn und Eff nur mit den Achseln zucken und die fragenden Blicke bei Musstu landen, der diese internationale Geste erwidert, surrt auch schon der Drucker und spuckt das neue Dokument aus.

„Glückwunsch", sagt Eff. „Ausbildung zur Spielerfrau erfolgreich abgeschlossen, Abschlussprüfung mit Bravour bestanden."

Da auch Eff sich über eine weitere Null bei seinem Vermittlungshonorar freut, wiederholt sich das Spielchen noch einmal. Der ganz schön angefixte Yiiha beobachtet die Szenerie und staunt: „Dieses Mal hast du nicht zu viel versprochen, Eff. Kaum zu glauben. Ich hätte bitte auch noch gern eine Null hinten drangehängt."

Natürlich sorgt das für keinerlei Probleme, denn ein solches Vorgehen gehört in diesen Kreisen praktisch zum guten Ton.

Großwahn freut sich über die Erfolge seiner Arbeit. Er kann nun aus eigener Erfahrung nachvollziehen, welch harten Job ein Manager eines Handballvereins hat, und wie schwierig sich Verhandlungen gestalten können. Er erhebt den prickelnd gefüllten Kelch und stößt mit den ersten Spielern des HC Hastu auf eine erfolgreiche Zukunft an. Auch Eff findet ein paar salbungsvolle Worte, denen wir an dieser Stelle jedoch kein Gehör schenken, denn wir beobachten Titi und Eff, die in der allgemein gelösten Stimmung etwas nachdenklich wirken.

Bei Bibi wirkt das so natürlich, als würde ein Tiger über mehr oder weniger soziale Netzwerkseiten mitteilen, von nun an nur noch mit Messer und Gabel essen zu wollen.
Titi möchte im Orient Bauchtanz studieren, um eines Tages im Okzident ihr erworbenes Wissen an die nächste Generation, für die eine Burka vielleicht schon etwas ganz Natürliches ist, weiterzugeben. Vielleicht gibt es dann nicht nur Oben-ohne-, sondern auch Überall-mit-Clubs. Warum sollte nicht beides miteinander funktionieren? So klein ist die Welt schließlich auch nicht. Bibi Krause denkt derweil darüber nach, wie schnell seine Mitspieler in der Lage sein werden, deutsch zu lernen, um sich effektiv mit ihm verständigen zu können. Die Vereinsführung des HC Hastu hat ihn darüber informiert, dass noch etliche Stars aus aller Herren Länder verpflichtet werden, um eine schlagkräftige Mannschaft auf die Beine zu stellen, die alles in Asien, in Europa, der Welt und darüber hinaus in Grund und Boden spielen kann. Für Bibi ist klar, dass er bei allem ihm zur Verfügung stehenden Universaltalent in kürzester Zeit keine sechs bis acht Sprachen wird lernen können, weshalb die anderen Spieler logischerweise schnellstmöglich Bibis Sprache erlernen müssen.
Auch Eff ist mittlerweile ganz nachdenklich geworden und analysiert ganz neue Märkte.
Think big?
Eine Parole von gestern für Kleingeistige.
Think global?
Kalter Kaffee. Dafür kratzt sich nicht mal mehr der Hund hinter dem Ofen am Sack oder sonst wo.
The sky ist he limit?
Arsch lecken!

Europaliga?
Ach, blas mir doch den Schuh auf!
Weltliga?
Na, für den Anfang vielleicht!

Mitten
im Herbst ist es ruhig auf der Insel und auch auf der Finca, doch jenseits einer bestimmten Promillegrenze ist all das Drumherum ohnehin völlig unerheblich. Die Runde ist jetzt, zu Halloween, kleiner als nach Saisonende, aber sehr prominent besetzt. Moment erträgt man den Auftritt des singenden Königs von Mallorca mehr oder weniger gefasst und wartet, bis er mit seinem Rollator die Bühne verlassen hat. Der Ostseepate bedankt sich mit einigen gut gemeinten Worten beim Sänger und fragt: „Schaffst du denn um Mitternacht noch ein Lied?"
Der mittlerweile ziemlich schwerhörige Künstler murmelt etwas von einem Bett, dass er sucht, und stolpert über eine der am Boden liegenden Alkoholleichen, die stark nach Korn riecht.
„Was soll's", sagt Blop!, der ihrem Gastgeber iduR dieses Mal eine Büste, die Blop! in Denkerpose darstellt, geschenkt hat. IduR freut sich sehr darüber. Er wird sie seinem Schützenverein als Zielscheibe zur Verfügung stellen.
Die drei Männer sind die letzten Überlebenden der Party, die noch am Tisch sitzen. Die anderen Besucher wurden von hochprozentigen Getränken im besten Fall nur vorübergehend aus den Schuhen gehauen.

„Schön, dass der neue Präsident auch hier ist", sagt der Ostseepate und nutzt die Gelegenheit, noch einmal nach dem Namen des Mannes zu fragen.
„Keine Ahnung", sagt iduR. „Frage ich jeden, der bei mir feiert, nach seinem Namen? Blop! müsste das doch wissen, schließlich ist das ja theoretisch sein Chef. Blop!?"
„Komm gerade nicht drauf. Schlimm?"
„Macht nichts. Wäre nur nett gewesen", findet der Otseepate, der am nächsten Monatsersten – also in schätzungsweise 10 Minuten – den Ligavorsitz nicht mehr nur kommissarisch innehat und offiziell zum Nachfolger Großwahns wird. Nicht schlecht für einen, der vor Jahren mit Schimpf und Schande aus Handball-Deutschland davongejagt werden sollte, und den sie schon ein paar tonnenschwere Gewichte ans Bein gebunden hatten, damit er ja nicht aus dem Brackwassermeer wieder auftauchen würde. Es hat sich jedoch gezeigt, dass Teer leichter aus einer weißen Bluse zu entfernen ist als der Pate aus dem Handball. Er hebt das Glas und toastet irgendeinen Spruch auf den neuen Ligavorsitzenden.
„Tja, du bist ein Überlebender, Ostseepate. Ich kriege dafür einen Wiedergeborenen", sagt iduR und blickt in ratlose Gesichter. „Er ist wieder da."
„Wer, er? *Er*?", fordert Blop! Klarheit.
„Kann man so sagen. Hein Großwahn. Er fängt bei mir im Unternehmen an und ist für die Endabnahme der von mir modifizierten Toilettenhäuschen mit integriertem Luftmanagementsystem zuständig, die demnächst in Thüringen zu finden sein werden."
Blop! und der Ostseepate sehen sich an, dann wieder iduR. Sie wissen nicht, ob sie gratulieren oder kondolieren sollen.

Und auch nicht, wem von beiden. Die einzige Frage, die ihnen einfällt, ist: „Warum?"
IduR zuckt die Achseln. „Der arme Kerl hat Heimweh. Ich glaube, er hat sich nicht getraut, einfach bei seiner Frau anzurufen. Ich baue ihm eine Brücke, wenn man so will. Außerdem bahnt sich bei mir im Verein Ärger an. Mein Geschäftsführer bereitet mir einige Sorgen. Er gibt irritierende Informationen heraus, die kein gutes Licht auf den Verein werfen. Liquidität, Etatunterdeckung, Zahlungsfähigkeit und all so ein Nonsens. Kann sein, dass ich da bald einen Nachfolger brauche."
Blop! lächelt süffisant: „Immerhin, du vergisst deine alten Freunde nicht."
„Ich weiß nicht, was du meinst."
„Schon klar, iduR."
„Und was macht der HC Hastu?"
„Der hat erst mal einen neuen Pressesprecher eingestellt. Schreiberling ist dort an Land gespült worden."
„Ach", sagt Blop!. „Deswegen hat er keine Zeit mehr, an meiner Biografie zu schreiben und ist Hals über Kopf abgehauen."
„Tja, wenn schon Märchen, dann lieber das Original aus 1001 Nacht, was?"
IduR und der Ostseepate jedenfalls finden diese Bemerkung sehr witzig, während Blop! sich fragt, was etwa zur gleichen Zeit im mittelfernen Osten vor sich gehen mag. Ohne einen neuen Manager ist der Verein handlungsunfähig, was kaum im Interesse Hastu Moussakas liegen kann. Blop! hat einen Verdacht. Der Ostseepate ist schließlich nicht das einzige Stehaufmännchen in der Szene.

Eff, der neue starke Mann des HC Hastu und legitime Nachfolger Hein Großwahns, der wegen Heimweh den Rückflug angetreten hat und einen beruflichen Neuanfang in der Stadt mit der unvorstellbaren Strahlkraft wagt, führt ein Telefoninterview mit dem Bullshitgenerator, der es mittlerweile zum Chefredakteur der größten deutschen Handballzeitschrift gebracht hat. Die Computerstimme stellt ihre Fragen präzise:
„Sie glauben wirklich an die Chance einer Weltliga? Wo sehen Sie Märkte?"
„Quasi überall. Schweden, Dänemark, natürlich Deutschland, aber auch die anderen Nationen wie Spanien, Frankreich und Kroatien. Selbst Russland ist groß genug, um mit all den Versprengten eine stattliche Anzahl Handballinteressierter zu ergeben."
„Wäre aber damit nicht eine Europa-Liga die naheliegende Lösung?"
„Natürlich gibt es Schwellenländer und Wachstumsmärkte. Nehmen Sie nur handballbegeisterte Nationen wie Japan, Kuwait, diverse Ölscheichs mit ihren Ländereien und ... äh ... Brasilien, Argentinien und Ägypten. Ja, natürlich, auch Ägypten. Und Grönland. Ja, Grönland, denn vom Schneeball zum Handball ist es nicht so weit."
„Hm, das überzeugt mich noch nicht ganz. Woher nehmen Sie die Gewissheit, dass sich eine Weltliga vermarkten lässt? Ist das Leistungsgefälle nicht zu groß in der Welt? Und welcher Fernsehsender soll sich zum Beispiel für das Spiel Toronto gegen Tokio interessieren?"
Eff tupft sich den Schweiß von der Stirn. Interviews mit dem Bullshitgenerator sind eine unangenehme Sache. Mit Schreiberling waren solche Gespräche um ein vielfaches einfacher.

Dem sagte man, was man am nächsten Tag in der Zeitung lesen wollte, und aus die Maus. So funktioniert die Welt, und das seit Jahrhunderten. Was jetzt dieser Quatsch mit den kritischen Rückfragen soll, kann sich Eff nicht erklären. Von investigativem Journalismus hält er jedenfalls ebenso wenig wie von ermittelnden Staatsanwaltschaften.

„Nun, daran arbeiten wir ja. Wir fangen allerdings bei uns an. Deswegen ja auch die Einbürgerungsanträge, die der inzwischen ganz schön degenerierte … nein, der schon wieder ganz schön kräftige Yiiha und Bibi Krause, ein Konvertit erster Güte, gestellt haben, um demnächst auch für die Nationalmannschaft der Araber auf Torjagd gehen zu können. Am besten schon bei der bevorstehenden Weltmeisterschaft. Diese beiden Weltklassespieler haben einen echten Sog entfacht. Mittlerweile erreichen uns Bewerbungen aus aller Herren Länder von Spielern, die auch vom Glauben abgefallen sind und bei uns spielen wollen. Unser Kader ist fast komplett. Gleichzeitig wird der Kader unseres Vereins praktisch identisch mit dem Kader der Nationalmannschaft sein."

Hier hätte Schreiberling ein paar verbale Blumensträuße herübergeworfen und allgemeine Lobhudelei und ein paar persönliche Komplimente eingestreut, doch eine derart menschliche Komponente ist dem Bullshitgenerator fremd. Fehlkonstruktion, denkt Eff.

„Aber ist das noch Sport, wenn auf politischer Ebene mit Einbürgerungen über die Stärke einer Nationalmannschaft, die ja auch noch eine Vereinsmannschaft ist, entschieden wird?"

‚Bleib ruhig', sagt Eff sich. „Du bist ein Profi. Und du bist cool', ruft er sich erfolgreich in Erinnerung, wie seine nächsten, mit großem Bedacht gewählten Worte verdeutlichen: „Mein Gott, was fragst du denn so viel, du penetranter Klugmüller?"

„Wie bitte? Ich glaube, ich habe Sie nicht richtig verstanden. Können Sie bitte wiederholen?"

„Hallo? ... Hallo? Oh, das tut mir leid, ich glaube, wir sind in ein Funkloch gefallen ... Hallo?"

„Ein Funkloch? Wohl eher ein Satellitenloch, denn..."

Eff trennt die Verbindung und flucht vor sich hin. Das nächste Gespräch mit dem Bullshitgenerator muss besser vorbereitet werden. Eigentlich wäre das eine schöne Aufgabe für Schreiberling, aber der ist noch nicht an seinem neuen Arbeitsplatz eingetroffen, also bleibt derzeit nur Musstu, um unliebsame Aufgaben zu delegieren. Hastus Sohn ist jedoch wesentlich besser für praktische als für administrative Tätigkeiten geeignet. Eff überlegt, das Personal aufzustocken und geht noch einmal die vorliegenden Bewerbungen durch. Es sind ein paar alte Bekannte darunter. Vau zum Beispiel, sein Spezi aus alten blau-weißen Tagen, hat sich beim HC Hastu beworben, um ein Praktikum auf der Geschäftsstelle zu machen, aber leider ist das nicht ganz das, was Eff sucht. Fritze, der Nebenerwerbsrentner, hat sich ebenfalls beworben, weil er Bibi Krause vermisst. Und vielleicht auch ein wenig Titi, seine alte Lieblingstänzerin. Und dann ist da noch die sportartübergreifende Bewerbung eines Franz Kaiser, der eine ganz große Nummer im Fußball ist, momentan aber ein paar unangenehme Fragen der Staatsanwaltschaft zu beantworten hat und daher die Neigung verspürt, fremde Länder intensiver als bisher kennenzulernen.

„Ist das nicht billig?", fragt Eff Musstu, seinen Vertrauten in diesem Land, ohne dessen Hilfe er Dromedar und Kamel nicht voneinander unterscheiden könnte.

„Ja", sagt Musstu. „Da hastu recht."

Eff betrachtet noch einmal eingehend das Foto des Bewerbers Franz Kaiser. Fraglich, ob er ein Büro auf Vordermann bringen könnte. Der Mann kann, soweit man weiß, Fußball, aber sonst nichts. Singen, zum Beispiel, das war nichts für Herrn Kaiser, aber repräsentieren, das kann der Mann. Dumm nur, dass diese Aufgabe beim HC Hastu schon von Eff selbst übernommen wird.

„Was macht die Weltliga?", reißt Musstu das Hirn des neuen Vereins aus seinen Gedanken heraus.

„Weltliga", sagt Eff mit etwas verächtlichem Ton. „Was ist schon die Welt? Wenn es auf dem Mars mehr Handballfans gibt als in Nordamerika, dann müssen wir den Sport eben dahin bringen. Die Welt ... ach, ich glaube, das ist eine Idee von gestern, mein Freund."

Think interstellar?

Jetzt hast du es!

Hinweis

Die in dem vorliegenden Buch „Tor – Wo die Bälle trudeln" in überarbeiteter Form zusammengefassten Werke sind jeweils einzeln lizenziert unter „Creative Commons Attribution-ShareAlike 4.0 International License.

Diese vier einzelnen Werke sind:
Wo die Bälle trudeln
Wo die Bälle trudeln 2013
Wo die Bälle trudeln 2014
Wo die Bälle trudeln 2015

Siehe auch
http://www.jens-kluckhuhn.de/downloads-wo-die-bälle-trudeln/

Auf der vorstehenden URL ist auch der kostenlose Download der einzelnen Dateien möglich. Das gilt auch für etwaige zukünftige Publikationen dieser Reihe.

Zoe ist gerade volljährig, als sie ihre Heimat verlässt. Sie hat ihre Wirkung auf Männer bereits erkannt und wenig Bedenken, diese zu ihrem Vorteil zu nutzen. Wichtiger ist jedoch, der Enge der Heimat und der familiären Situation zu entkommen, um das Leben auf eigene Füße zu stellen. Dafür braucht es Selbstvertrauen, Mut und die Fähigkeit, die eigenen Grenzen auszuloten – und zu überwinden. Wie sich ihre Flucht vor der Spießigkeit und ihr Vorhaben, ein anderes Leben aufzubauen, entwickelt, erzählt der Roman Zoe von Jens Kluckhuhn.

http://www.jens-kluckhuhn.de/auszug-zoe/

Zoes Geschichte ist die einer Hure und einer Frau, die ihren Platz im Leben finden will.

Ihr Verhalten und ihre Charakteristik werfen bei den Menschen, denen sie begegnet, viele Fragen auf:
Verdient sie Respekt oder Verachtung?
Ist sie Täter oder Opfer?
Zeigt sie Mut oder neigt sie zur Feigheit?
Ist sie ehrlich oder verlogen?
Verdient sie Missgunst oder Vertrauen?
Kämpft sie oder gibt sie auf?
Säht sie Hass oder sucht sie Liebe?
Ist sie stark oder schwach?
 Doch Zoe stellen sich die gleichen Fragen in Bezug auf die Gesellschaft. Ist diese es wert, einen Platz in ihrer Mitte zu beanspruchen? Begleiten Sie Zoe ein ganzes Stück durch ihr Leben. Bilden Sie sich selbst ein Urteil.

Besuchen Sie meine
Autoren-Homepage:

www.jens-kluckhuhn.de